貴方達から離れたら思ったた以上に幸せです！

Characters
ナターリア
子爵令嬢の身だったが、
ひどい扱いに耐えかねて家を出る。
自己を犠牲にするリカルドに
自分を重ねている。
リカルド・シルジュ
辺境伯であり、ルウの歳離れた兄。
無表情で不愛想だが、領民への責任感が強い。
誰かを支えることを当たり前だと思っていたが、
ナターリアによって変わり始める。
ルウ
少し甘えたがりな男の子。
兄のリカルドが怪我をして帰ってくるのを
とても心配している。
ナターリアとリカルドが大好き！

フォンド・ヘルリッヒ
シャイラ、ナターリアの父。
しかし、とある事情を抱えているようで——
モーセ
辺境伯領でルウと
ナターリアを導く老教師。
魔法について詳しく、熱意満点。
ヴィクター・クロエル
ナターリアの元夫。
流されやすい性格で、
姑の言いなりになってきた。
シャイラ・ヘルリッヒ
ナターリアの妹。
自分が頼りにすればするほど、
ナターリアは自分を愛してくれるという
歪んだ価値観を持っている。

# プロローグ

どうして、こんな事になったのだろうか。

「ナターリア、受け入れなさい。お前は姉としてシャイラの将来を大切にするんだ」

お父様の言葉が、放心する私の耳を通り抜けていく。

お母様がそんな私の肩を叩いて、さも寄り添うかのように瞳を潤ませた。

「妹と一緒に幸せになればいいじゃない。同じ人を愛せるなんて幸せよ？」

「お母様、私は」

言い返そうとすると、聞き分けのない子供にするような苦笑をにじませて、母は首を横に振る。

「あまり困らせないで、シャイラのためよ」

あぁ……この言葉だ、いつだって私の家族はそうだった。

妹であるシャイラのためと言って、私の人生などお構いなし。

ようやく解放されたと思っていたのに、また妹と関われというの？

「お姉様、お願いします」

「ナターリア、受け入れてくれ」

視線を上げれば、妹のシャイラと夫であるヴィクターが見つめてくる。

私が間違っているとでも言いたげな顔だが、原因はこの二人だ。

なにせ夫のヴィクターは私と婚姻関係にありながら、妹と不倫していた。

いや、それだけではない……

私は気を取り直すと、背筋をまっすぐにして、ヴィクターを見つめた。

「ヴィクター、離婚したい気持ちは本気なのですね？」

「ああ。シャイラは僕の子供を身ごもっている。だから妻の座を、彼女に渡してあげてほしい」

「そして私が側室となり、これまで通りに貴方を支えろと？」

こんな事が許されていいはずない。なのに周囲は私が悪いと責め続けて、意見を曲げない。

「僕は、君もシャイラも愛したい。これからは妹と一緒に幸せになればいいだけだろ？」

「お願いお姉様。私だってヴィクター様を愛したいの！　お姉様と一緒になりたいの」

私が生きてきた二十三年。

何度も、何百も、何千も聞いた妹からの『お願い』という言葉。

ヴィクターと結婚してからは、家族と距離を置くことができた。けれど、今になって妹が夫と不倫して、夫まで正妻の座を代われという『お願い』をしてくる。

「姉なのだから、妹を大切にしなさい」

続く両親の言葉で、心が絶望に染まる。

私はまた……以前のように妹に人生を捧げないといけないの？

そんなの……

そんなの、絶対に嫌に決まっている。

「それなら、私がここを出て行きます」

「「……………え？」」

本音を告げれば、彼らは驚きの言葉を漏らす。

だがもう撤回しない、私の意見も聞かずに人生を捧げろというのなら。

私はここから逃げ出して、自由を勝ち取ってみせよう。

# 第一章　貴方達とは幸せになれません

——五日前。

窓から差し込み始めた朝日を見て、私はため息を漏らす。

「もう、こんな時間なのね……」

昨日も結局、執務作業のせいで眠ることは出来なかった。

そんな疲弊した思考のまま、私——ナターリアは眠気覚ましのために顔を洗う。

鏡に映る私の蒼い瞳の下にはうっすらと隈が出来ている。その瞼に冷水を当てると目の疲れがほぐれる気がして、少しだけ癒された。

金色の髪を櫛《くし》で簡単にとかした後、夫のために朝食を作り始める。

本当は使用人に任せたいところだが、夫と義母の浪費のせいで朝支度の給金まで払えないのだ。

「おはよう、ナターリア。美味《おい》しそうだね」

「……おはよう、ヴィクター」

朝食を作り終えた頃、ヴィクターが寝ぼけまなこで起きてきた。

彼はクロエル伯爵家の当主で、私の夫だ。

子爵家に生まれた私と政略結婚によって結ばれたが、愛のない結婚という訳ではない。

互いに過ごしてきた時間には、愛を感じる程度には関係性が芽生えている。

今だって、彼は私の朝食を美味《おい》しそうだと言って、労わりとお礼の言葉を述べてくれたし、私はそれを嬉しく思っている。

ただ、確かに彼のことを愛してはいるが……問題がない訳じゃない。

私の手元を見つめながら、彼は寝癖で跳ねた黒色の髪を手櫛《てぐし》で直し、赤色の瞳を薄めて笑う。

「ところで昨日、僕が任せた執務は終わらせてくれた？」

「え、ええ。今朝ようやく終わったわ」

「じゃあ、今日も頼めるかな。頼むよ」

……私の目の下の隈が見えないのかしら？

私が眠れなかったのは、ヴィクターが当主の執務作業を私に丸投げしているからだ。

少しずつ頼られているうちに、いつしかヴィクターの執務全てが私の担当になっている。

「本当に助かっているよ、愛している」

愛の言葉と共に任される仕事、はじめのうちは愛する夫のためならと我慢していたが……

この日々が何年も続けば、流石《さすが》にもう限界だった。

「ヴィクター、せめて書類業務は分担して。家令も居ない我が家だと負担が大きいの」

「朝からイライラしないで。気を付けるから」

「私だって女主人としての業務をしている。だから貴方も執務ぐらいはちゃんと……」

「分かってるよ、後で聞くから」

吐き出した不満をちゃんと聞いてほしいのに、ヴィクターは聞き流すと、朝食を待つように椅子に腰かけた。

さらに不運な事に、私の言葉を遮る別の声が響く。

「ナターリアさん。あまりヴィクターを責めないでちょうだい！」

「義母様……」

同居する義母――ミラリア様が、私を睨みながらヴィクターの隣へ座る。

彼女はヴィクターの頭を撫でながら、再び私に釘をさすような言葉を吐いた。

「この子は伯爵家の当主でありながら、王太子殿下の護衛騎士も務めているのよ。忙しいのだから、少しは貴方も頑張って支えてちょうだい」

「ですが、ここ二年は当主の執務業務の全てが私に……」

「貴方のワガママはここで終わりよ、ヴィクターはこれから仕事なのだから楽しい話をして？」

またた。私の不満は夫に聞き流され、義母によってかき消される。

なにを言おうと、家族であるはずの彼らの耳には届かない。

私が黙り込むと、ミラリア様はふっと笑ってヴィクターにしなだれかかった。

「それと今度、ヴィクターと私で社交界に行くから。ドレスを新調しましょうか」

「母さん……また社交界に行く気か？」

「もちろん、お父様を亡くした貴方に後ろ盾は少ないの。貴族なら人脈を広げないと」

早々に別の話題に切り替わり、私が口を挟む余地はない。とりあえず邪魔にならないよう朝食を出すと、ミラリア様がふと私の方を向いていやらしく笑った。

「とりあえず、私達の衣装を新調する代金はナターリアさんが立て替えてちょうだいね」

「え……また、ですか？」

「もちろんよ、私達は家族なのだから」

クロエル伯爵家は、爵位の割にあまり裕福ではない。

目立った家業はなく、私が来る前までは先代当主の遺産を取り崩していた程だ。

今は私が領民の税金を管理して多少のお金が工面できている。

しかし義母達はお金が無限に湧いてくると思っているようで、浪費を繰り返すのだ。

そのせいでクロエル伯爵家の資金難は一向に変わらない。今では私の個人資産まであてにされている始末。さすがに、と思って私は義母様を睨みつけた。

「この家だって私が工面して改修費を捻出しました。貯蓄だってしないと。もしもの時に――」

「お金は必要な時に使うのよ、貴方のためだけに使っちゃ駄目！」

いや、私のために使った事もないほど、義母様達が使っているのに……

そう反論しようとした時、我関せずと朝食を食べていたヴィクターが立ち上がった。

「仕事に出る、ナターリアは母さんに従ってね」

「ヴィクター……」

「あまり母さんを困らせないで、母さんの言う事はいつだって正しいんだから」

その言葉に、諦めを感じる。

彼のもとへ嫁いでから何度も聞かされた問答の末の答えに、不満を抱くことしか出来なかった。


その日の夕刻、当主代理としての執務を早急に終わらせて、安堵の息を吐く。

今日はゆっくりと眠れそうだ。

せっかく空いた時間だからと、私は引き出しの中から一冊の本を取り出した。

「久しぶりに、練習できそうね」

これは魔法学書という魔法を学ぶための教本だ。

魔法とは、人に宿る『魔力』で炎や水を自在に操るといった現象を起こすことだ。昔から人々の生活を支えており、使い方次第ではぐっと生活が楽になる。

また、魔力があるというのは才能の一つだ。人によっては魔力を持たない。

ちなみに魔力を持つ人間は学園に通って魔法を学ぶことが多いが、私はある理由によって学園の退学を余儀なくされた。

加えて、魔法を扱える父からは、危険だからと徹底的に魔法を使うことを禁止されている。

だが禁止されれば、逆に憧れてしまうというのは人の性《さが》でもある。

それに、せっかく魔力があるのだ、生活を楽にするためにも基礎的なものを身に付けて損はない。

だから私は父の教えに反し、学校を退学してからもこっそりと独学で魔法の練習をしている。

「次は、この魔法ね」

独学でもそれなりに魔法を扱えるぐらいには、技術を身に付けられた。

実際に魔法とは楽しくて、見えぬ力で起こす現象には自然と胸がワクワクする。

夢中で執務用のペンを浮かしていると、午後のみ雇っている使用人のノックが部屋に響いた。

それに答えると、おずおずとした声が私にかかる。

「あの、奥様。よろしいでしょうか」

「ん？　どうしたの？」

「旦那様がお帰りです。奥様を客室に呼んでほしいと」

——どうして客室に？　誰か来ているのだろうか。

疑問と共に客室へ向かう。ドアを開いた先に広がっていた光景に、私は言葉を失った。

「あ！　お姉様！」

明るくて、耳が痛い程のかん高い声を上げたのは、私の妹——シャイラだ。

六歳下の妹で、私と同じブロンドの髪はよく手入れされているのか艶《つや》めいている。

そんなシャイラは紫色の瞳を煌《きら》めかせながら、ヴィクターの腕に絡みついていた。

「貴方達……なにをしているの？」

「ナターリア。君に真実を打ち明けたいんだ。聞いてくれるか？」

「なにを言っているの？」

ヴィクターは、意を決したように言葉を続けていく。

「僕はシャイラも愛している。そして彼女は僕との子供を妊娠しているんだ」

……え？

「だから君には側室として、君に代わって正妻となるシャイラを支えてほしい」

この時、私の中にかろうじて残っていた理性を保つ糸が初めてキリキリと音を立て始めた。

そもそも妹のシャイラは、私にとって誰よりも会いたくない存在だった。

なにせ彼女は……私が学園の退学を余儀なくされた原因そのものだったから。しかし私の怒りに気付く素振りもなく、シャイラはヴィクターに抱きついた姿勢のまま私に問いかける。

「お姉様、許してくださる？　お願い」

待ってほしい、動悸が止まらない。

私の人生において、シャイラの『お願い』は幾千と聞いてきた言葉だ。

シャイラは幼い頃は病弱で、自然と両親の愛情は彼女にばかり注がれるようになっていた。

『お姉様、これほしーの』

ひとたび妹が私の物を欲しがれば、両親は姉なら優しくしろと諭してくる。

身体が弱い妹を大切にしなさい、欲しがるなら譲ってあげなさいと。

『これ、シャイラにはできないから。お姉様がやって！』

本来ならば妹がやるべきことが、自然と私に回ってくる。両親は姉なのだからやってあげなさいと言ってばかりで、実家にいた頃に私が息をつける時間はなかったと言っていい。

全ての人生は妹のためであり、私はまるで妹の召使いのようだったのだ。

それが嫌で、結婚してから妹と会わなかった。ようやく彼女から解放されていたのに……

「お姉様、シャイラもヴィクターを愛しているの。いいでしょ？」

「――まずは事情を聞かせなさい」

頭が割れそうだ。……よりによって、ヴィクターが妹と不倫をしていたなんて。

私とシャイラは全く会っていなかったというのに、この二人は一体いつ出会っていたんだ。

「学園にいる間にヴィクターに出会ったの！　お姉様の旦那様だって聞いて嬉しかった！」

「学園に通われる王太子殿下の護衛中、シャイラに出会って意気投合したんだ」

聞けば、二人は在学中に何度も逢瀬を交わしていたようだ。それが、ヴィクターが私に当主の執務を投げ始めた頃と分かった時には、頭痛と共に吐き気さえしていた。

よりによって二人は、私という共通の話題で仲を深めたという。

「それで、私がヴィクターに頼んで夜を共にしたの」

信じられないようなことを、シャイラは平然とした顔で言う。

「シャイラは昔は病弱で不幸だったのだろう？　だから僕が彼女を励ましたくて……」

「そう、励ましてくれたの！　そして妊娠したから、彼に妻にしてもらうわ。学園はまだ在学中だけど、婚約したら妊娠していても大丈夫でしょ？」

学び舎《や》で彼らは一体何を学んだのだろうか。

教育を受けたはずの二人の不道徳ぶりに、ため息が漏れる。

「シャイラ、貴方は私が行けなかった学園生活を過ごしながら、なぜその体験を大切にしないの？」

「大切にしてたよ！　ヴィクターを愛したら駄目なの？　お姉様だけ愛されるなんてずるいわ」

ずるい……そんな言葉で片付けていい問題じゃないだろう。

そもそもシャイラの学費の捻出でさえ、私の仕送りでまかなっていたのに。その時間を不貞に費やされていたかと思うと、言葉も出てこない。

「お姉様ならきっと助けてくれるよね？　だって学費まで出してくれてたんだもの」

「……知っていて、そんな事をしたのね」

「私を愛してくれていたのよね？　大切な妹として」

シャイラは天真爛漫《てんしんらんまん》な表情のまま、首をかしげる。

確かに、ヴィクターとの結婚後、実家に仕送りはしていた。しかしそれはシャイラと会わないための手切れ金だったのに、シャイラの解釈は違ったようだ。

もう、この二人と話していても無駄だ。そう思い、私はヴィクターに視線を向ける。

「私の……お父様達には説明したの？」

「あぁ、君の両親にも説明した。受け入れてもらえたよ」

ああ、そうですか、と息を吐くような細さで呟く。

通常なら有り得ない事だが、あの両親なら受け入れるだろうとも正直分かっていた。

病弱で婚約者に困っていた妹に、伯爵家のヴィクターが現れれば両親が安心するのは当然だし、クロエル伯爵家としても、学園の退学を余儀なくされた私よりも、優秀だとされているシャイラが嫁いできたほうがいいと判断するに違いない。

透けて見える政《まつりごと》にも、私は巻き込まれているのだろう。

ただ、それで私が側室にならなければならない道理はないはずだ。

「やはりこんな話は受け入れられません。貴方との関係も少し考えさせて」

「どうしてだ？　ナターリア！　君の妹を受け入れるだけだろう？」

受け入れられるはずがないだろう。

そもそも妹だけが問題でなく、私を裏切った貴方にも怒りが湧いているのに……

しかし、またもや聞きたくない声が部屋に響いた。

「私もヴィクターの妻はシャイラさんの方がいいわ。ナターリアさんはワガママ言わないで」

賛成に一票投じたのは、客室に入ってきた義母様だった。

彼女は事前に話を聞いていたのか、肯定の言葉を続けていく。

「なにせシャイラさん、学園の魔法学で首席だそうよ」

「たまたまですよ。私は魔力が少し人より多いみたいです」

「ふふ、謙遜しないで。優秀で将来有望な子の方が今の小うるさい妻より、よっぽどいいわよ」

「ヴィクターのお母様、あまりお姉様の事を悪く言わないでください！」

「あらごめんなさいね。つい本音が……学園中退なんてみっともない妻だと思ってしまうの」

妹のために人生を捧げた私と、未来に華を咲かせた妹。

さらに妹は私と違って父親からは魔法を教えられて、華々しい成績を残している。

その差を見せつけられ、惨めな気持ちと苛立ちが私の怒りをさらに沸き立たせた。

「ナターリアさん。貴方が妻を降りた場合、貴方の資産はクロエル家が管理するわね」

「っ！　義母様、私の個人資産ですよ？　使い方は私が決めます」

「ナターリア！　母さんの言う事を聞け。妹も一緒に幸せになれるのだから喜ぶべき事だろ？」

ヴィクターの言葉に、もはや諦め以上の絶望が押し寄せる。

いくら言っても、話すら聞いてもらえないのなら埒《らち》が明かない。

「私のお父様達も呼んで、話し合いの場を設けていただけますか？」

断れぬ雰囲気から逃げるため、返答を先送りにする。

とはいえ私の両親を説得などできないだろう……私にはそれが誰よりも分かっている。

だからこれは、たんなる時間稼ぎだ。

「分かったよ、ナターリア。君の両親を呼ぼう」

「お姉様は少し混乱しているだけで、きっと受け入れてくれるはずよね？」

夫と妹の会話に、口の中に砂利があるような気持ち悪さを感じる。

私は……これからも自分の人生を彼らのために犠牲にして惨めに過ごしていくのか。

そんなの、絶対に嫌だ。

だからこそ、もう、すべき決断は一つだけだとも分かっていた。


その夜、夫婦の寝室にヴィクターは居なかった。

隣の部屋でシャイラと愛を囁き合っているからだ。

聞くつもりもないが、貴族家にしては壁の薄いこの家では丸聞こえだ。

「シャイラ、君とナターリアを愛してみせるよ。大切にするからね」

「これからもずっとお姉様と一緒なんて嬉しい。私も愛してるわ、ヴィクター」

なんだか、どっと心が疲れた。

私は確かにヴィクターを愛していたし、過ごしてきた時間の中には楽しくて大切な瞬間だってあった。でも今はその尽くしてきた時間が徒労だったと分かり、心がぐしゃぐしゃに壊れている。

思えば、私はいつだって誰かの犠牲になって生きてきた。

『ナターリア、貴方は姉として妹のシャイラを支えてあげなさい』

父と母は宗教の教義のように、決まって私にその言葉を告げてきた。

妹を大事にするのが姉の務め、そのためならどんなことだってしなさいと……

幼少期の思い出は苦いものばかりだ。全ての自由時間を病弱な妹のために捧げる事になった。

『私も、ナターリアお姉様の髪飾りが欲しいな』

幼いシャイラが私の髪飾りに興味を示した時は、ゾッとする程の寒気がした。

私が数年間もお小遣いを貯め、ようやく買った大切な髪飾り。渡したくないと必死に抵抗しても
その言葉は届かず、頬に父の平手が飛んできた。

痛みに呻《うめ》いていれば、髪飾りを父に髪から乱暴に引きちぎられた。

あの痛みを忘れることは一生ないだろう。

『みて、シャイラは魔法が使えるよ!!』

それから数年したあの日だってそうだ。

シャイラは父から教わった魔法を使って、草を揺らすそよ風を起こした。

彼女を褒めちぎって喜ぶ両親に、私も褒められたくて……

父から習ってもいないが、見よう見まねで魔法を使ってみた。

すると樹木が揺れる程の風が吹いたのだ、シャイラよりも大きな風だ。

これならきっと褒めてくれると父を振り返り——衝撃を受けた。

父は、私を睨みつけ、酷い形相で怒鳴りつけたのだ。

『誰がお前に魔法を使えと言った!!　シャイラが怪我でもしたらどうする!?』

そう言った途端、母がハッとした表情になってシャイラを背に庇う。それを見てから父は再び私を見つめ、太い声をあげた。

『病弱なシャイラより魔法が使えて嬉しいか?　妹を想うのなら見せびらかす真似はやめろ!』

その怒声は今でも耳から離れない。

——なんでシャイラは良くて、私は駄目なの。

当時、そう聞こうとした口は、父の憤怒に染まった表情を見て閉じた。

もう私の言葉など届かないと、子供ながらに感じ取れたからだ。

だから私は……それからずっと自己防衛のために聞き分けの良い姉を演じてきた。

『お姉様、この服ちょうだい？』

『勉強なんてしてないで、シャイラと遊んで！』

お姉様、お姉様、お姉様、お姉様、お姉様、お姉様、お姉様！

私の我慢に比例してシャイラの要求は止まらなくなった。

断れば両親からの叱責や平手による躾があるから抵抗は出来ず、私の人生は妹の所有物のように消費されていく。それでも必死に勉強を続け、私は学園に通うだけのお金を自力で稼いだ。

貴族の家としての外聞もあり、私が自費で学園に通う分にはいいだろうと許可が下りた。

ようやく手にした自由。学園で寮生活を送ることになり、私は解放感とともに生きていた。

しかし、十五歳の誕生日。入学してわずか三ヶ月後に届いた手紙により、それは終わった。


お前と離れて寂しいと気を病み、シャイラの病状が悪化した。

退学申請をするから、妹の看病に戻れ。


手紙のあまりに一方的な内容に手が震えた。人生を捧げに捧げた末にようやく手に入れた学園生活ですら、一通の手紙によってふいにされたのだ。

学園の友が別れを惜しむ中、私は屋敷へと帰るしかなかった。

そして、驚愕の事実を知る。

『お姉様!!』

『っ……』

手紙で聞く内容とはまるで違う元気な妹が、私を出迎え、「寂しかった」「傍に居て」と言うのだ。

どうやら妹は私を傍に置くため、仮病を使って退学させたらしい。

『退学はシャイラのために仕方ない事だ。学園では魔法学を頑張ると学友に言っていたようだが……未学習での魔法は危険だ。よって今後は一切使うな。余計な事は考えずに妹を愛してやりなさい』

父が放った言葉で、限界が来た。私の人生をこれからも犠牲にされる事が怖かった。

だから結婚を早めてほしいと父に直談判した、妹からすぐに離れたくて。

結果として家に仕送りを送る条件付きで、私はヴィクターのもとへと嫁ぐことができた。

妹からは会いたいと何百通も手紙が届いたが、忙しいと理由を付けて断り続けた。

私はそれから、ヴィクターとの結婚生活に確かな幸せを噛み締めたのだ。

自分の居場所を守るための打算もあったが、彼を愛する気持ちは確かにあったからだ。

義母のいびりや、彼の当主代理としての仕事にも文句はあっても納得はしていた。

なのに、今度はヴィクターまでもが私の人生を犠牲にしようとしている。

私は貴方を愛して支えてきたのに、もう貴方の心にすら私の居場所がないのなら。

「……私がここに居る理由なんて、もうないわ」

冷たいシーツの感触が私の混乱した頭を少しだけ冷やしてくれる。

もうヴィクターを支える気も……妹のために生きるつもりもない。

でも、ただ黙って出て行く気はない。すでにヴィクターへの恋情や、妹への慈悲など消えている。

不思議と、一度絶望まで落ちると吹っ切れる事が出来るようだ。

だから……

「どうせなら、何も残さずに出て行ってあげるわよ。ヴィクター、シャイラ……」

これから私は、自分の人生を好きに生きていくと決めた。

そして貴方達のために捧げた全てを返してもらおう。

私の資産も、権利も、残さず全て持って出て行くのだ。

貴方達をもう、家族だなんて思わない。

◇◇◇

ヴィクターとシャイラの関係を知った三日後、屋敷に私の両親が訪れた。

両親を出迎えれば、彼らは笑みを浮かべたまま相も変わらぬ言葉を吐く。

「久々だなナターリア。少し肥えたな」

「ちゃんと身だしなみを整えなさいね？　ヴィクター様の隣に相応《ふさわ》しい姿でいないと」

私を罵倒する言葉が出てくるのはいつも通りだ。幼き頃から、両親が私を少しでも褒めたと感じると、シャイラは癇癪を起こす。だから両親は自然と、私を罵倒する癖が身についている。

「お父様！　お母様！」

「シャイラ！　美しくなったな」

「寮生活で離れて心配だったけど、ヴィクター様に愛してもらっていて安心したわ」

妹との再会を喜ぶ両親はすでにシャイラとヴィクターのことを知っているようだ。

やっぱり説得は難しいだろう。

……まぁ、元々説得する気もないのでいいのだけれど。

彼らをヴィクターの待つ客室へと招けば、彼が仰々しく礼をした。

「ヘルリッヒ子爵家夫妻。急にお呼びたてして申し訳ない」

「ヴィクター様、こちらこそナターリアがご迷惑をおかけしています」

「いいえ、問題ありませんよ」

私が迷惑をかけている認識の両親と、それを否定しないヴィクターにはうんざりする。

「しかし、ヴィクター様。えらく出世されましたね。王太子殿下の護衛など大変でしょう？」

私の父――フォンド・ヘルリッヒの言葉に、ヴィクターは首を横に振る。

「いえいえ、フォンド殿の過去の実績に比べれば僕などまだ青二才です」

ヴィクターの言う通り、父は過去に魔法学者として魔法を研究し、子爵家の地位を得た。

研究者としては高い実績を残しているとされている。

だが今となってはその研究が頓挫して、稼ぎ口を失った挙句私に仕送りを要求しているのだ。

父もその事が後ろめたいのか、さりげなく話を逸らす。

「私などよりも、騎士と当主の務めを両立させているヴィクター様のほうが御立派ですよ」

「光栄です。苦労も多いですが、なんとか成し遂げています」

当主の仕事は、ほぼ私がやっているのだけど……

照れたように顎《あご》に手を当ててるヴィクターを白々しい目で見てしまう。まあ、口を挟めば本題に入るのが遅くなりそうなので今は静観していると、ヴィクターと父がちらりとこちらに向いた。

「それでは、ナターリアの説得をしましょうか。フォンド殿」

「ええ、そうですな」

はぁ……議題は不倫の是非のはずが、もう私の説得にすり替わっている。

席を勧めて、ようやく私達は机を囲んだ。

「ナターリア、どうして妹を大切にしてやらないんだ。お前が受け入れれば全て丸く収まるだろう」

早速、父がそう切り出す。

今更心の中を隠すつもりもない。だからキッパリと本音を告げよう。

「私はもうシャイラと一緒に暮らす気も、世話をする気もないの」

「酷い、お姉様……なんで突き放すの？」

シャイラが分かりやすく狼狽《うろた》えて立ち上がると、私に詰め寄ってくる。

すぐに両親も立ち上がり、涙を浮かべた妹の隣に立つと、彼女の頭を撫でて慰める。

そして私を責めるように睨むヴィクター。

……世間一般的に酷いのは、不貞行為を働いた貴方達のはずでは？

皆、私が間違っているという態度を変えない様子に説得など出来そうにない。

私は、さっさと本題へと移ろう、とシャイラから視線を外してヴィクターを睨み返した。

「ヴィクター、離婚したい気持ちは本気なのですね？」

「シャイラは僕の子供を身ごもっている。だから……妻の座を、彼女に渡してあげてほしい」

「そして私が側室となり、これまで通りに貴方を支えろと？」

こんな事が許されていいはずない。

なのに周囲は私が悪いと責め続けて、意見を曲げない。

「僕は、君もシャイラも愛したい。これからは妹と一緒に幸せになればいいだけだろ？」

「お願いお姉様。私だってヴィクターを愛したいの！」

「どうして分かってくれない。君が納得するだけで、皆が幸せになるのに！」

「ナターリア、受け入れなさい。お前は姉として、シャイラの将来を大切に……」

「お姉様。私だってお姉様の傍にいたいの。受け入れてよ……お願い」

私が生きてきた二十三年。

何度も、何百も、何千も聞いた妹からの『お願い』という言葉。

不倫して私の生活を壊してまで、貴方達は『お願い』を繰り返すのね。

——もう、付き合っていられない。

私は自然と口元を緩めながら立ち上がり、迷う事なく本心を伝えた。

「それなら、私がここを出て行きます」

「「……………え？」」

途端に、彼らは動きを止めて固まる。

私が出て行くなど、まるで想像していなかった？

いつものように、愛想笑いで受け入れると思ったの？

あいにく、もう自分を殺して生きていく気はない。私は硬直した彼らを置いて、自分の部屋から荷物と、何枚かの書類を持ってきて机にたたきつけた。

「すでに荷物はまとめております。そして、これを見てください」

「ま、まて。ナターリア……」

机に置いたのは、権利関係の書類だ。

私の対応に焦りを見せるヴィクターの言葉を無視しつつ、書類の大事な部分を指でなぞる。

「まず、私が稼いでいた資産は当然ながら、貴方達のもとには残しません」

「なにを……待て。待ってくれ」

「そして、私が今まで当主代理として仕事していた分の対価も頂きます。これは我が国での労働に対する正当な権利です」

「何を言っている、ナターリア、待て。落ち着け」

両親が来るまでのこの三日間、出て行く前提で準備していたのだ。

もう、何を言われても止まらない……いや、止められない。

私が持ち出せる権利は、全て取り戻して去るつもりだ。私はゆったりと微笑んで、両親とシャイラに視線を移す。

「お父様やシャイラ達も同様です。子爵家の共有資産から私の分は引き出しておきましたから、来年度分のシャイラの学費は、ご自身達で捻出してください」

徹底的に、私という痕跡を消すように……全てを持っていく。

「ナターリア！　落ち着け。混乱しているのだろう？」

両親達が、慌てたように視線を泳がせる。シャイラは呆然と「なんで……」と呟き、涙を浮かべていた。けど、もう心配の言葉をかけるつもりはない。

動揺している様子のヴィクターに、胸に秘めた怒りをぶつけた。

「何を驚いているの？　築き上げてきた関係を裏切り、私にこの決断をさせたのは……貴方よ」

「待ってくれ。どうして僕のお願いを聞いてくれないんだ。分かり合うまで話をさせてくれ！」

「ふふ、都合がいいのね。ずっと、ずっと……貴方は私の言葉を聞いてくれなかったのに」

こんな時に限って、ヴィクターは私を見て……話をしようと懇願する。

でもね。

「もう、遅いのよ」

覚悟を決めた私はすでに行動を始めている。

動揺する皆の前に、私はいよいよ最後の書類を出した。

「皆様の望む通りに、離婚申請書を持ってきました。すでに私の名前は書いてあります」

事実上、離婚を告げる書類。それを見せた途端に、ヴィクターは私の傍へと近寄った。

「考えを改めるんだ。こんな形で出て行けば後悔するのは君だ。家族を失うぞ」

「離婚は貴方達が望んでいた事ではないですか」

「こんなやり方は止めるに決まっている！　このままでは君は妹を見捨てたのも同然だぞ！」

「私の人生を利用して生きる貴方達の面倒なんて、いつまでも見てられないのよ」

そう告げて、さっさと家を出て行こうと踵《きびす》を返す。

だが、父が怒りの形相で私の前に立ちふさがった。

「ナターリア、なぜ分からない。シャイラを受け入れるだけで皆が幸せになれるのだぞ」

「その幸せになる『皆』とやらに、私が含まれていないからです」

シャイラが耐えきれないとばかりに泣き出し、父がさらに表情を険しくして私の腕を掴む。

「お姉様……どうして私を嫌うの？　酷い……私はこんなにお姉様が好きなのに」

「見ろ!!　シャイラを傷つけて心が痛まないのか！」

ぽろぽろ涙をこぼすシャイラを見て、目を剥く父。私を軽蔑するよう見つめる母。

そして諌める目線を送るヴィクターという、あまりに予想通りの対応に呆れてしまう。

「ナターリア。貴族令嬢なら家族の利益を最優先で考えろ」

父は私を押さえつけながら、ヴィクターへと視線を向けた。

「ヴィクター様。この屋敷に鍵付きの部屋はありますか？」

「ええ。地下にあります」

「なら、そこに一時ナターリアを閉じこめます」

「分かりました。今の彼女は冷静な判断が出来ていない。時間を置いて説得しましょう」

父の言葉に、ヴィクターはあっさりと了承の言葉を返す。

私が閉じこめられる事に、少しも罪悪感はないようだ。

「ナターリア。僕らから全てを奪うような……こんな離婚なんて受け入れられない！」

ヴィクターは離婚申請書を手に持って引き裂いた。

ビリビリに破かれたソレを見て、思わず呟いてしまう。

「ヴィクター……分かっていますか。貴方がその選択をしたのよ」

「なにを言っている。君は家族のために少し頭を冷やせ、地下室で考え直すんだ！」

彼らが話を聞かず、私を無理やり押さえ込む事は分かっていたので、この後の対策もばっちりだ。

だから、今は抵抗しない。それどころか、もの言いたげにヴィクター達を見つめる使用人達にこっそり首を横に振って問題ないと伝える。全て予想通りで思わず頬が緩むのを我慢しながら。

どうやらヴィクターは気付いていないのね、離婚申請書を自ら破いた意味を……


その後、私は突き飛ばされるようにして地下の部屋へと入れられた。座敷牢のような場所だ。明かり取りのような穴がぽつんと開いていて、そこだけがほのかに明るい。

ひんやりとした石造りの部屋の寒さを感じていると、ガチャリと鍵がかけられる。

「ナターリア、ちゃんと聞いてくれ」

鍵のかかった扉の外から、ヴィクターの声がした。

「僕は本当に君のために、シャイラを迎えたつもりだ」

思わぬ言葉に顔を顰《しか》める。

「私のため？」

「ああ。君は僕の母と暮らすのは居心地が悪そうだった。だから……君が大切にしていた家族が近くに居る方が安心するだろうと思ったんだ。本当に君の幸せのために行動していたんだ」

……それが私のためだと、本気で言っているのならやめてほしい。

不貞を――恥を綺麗事で塗り替えて正当化しないで。

そもそも話も聞かない身勝手な優しさなど、必要ないのだから。

「貴方が不倫した理由を後付けで美化しただけ。聞いていられないわ」

「どうして、分かってくれないんだ。僕は本気で君とシャイラを幸せにしたいのに」

「その身勝手な優しさなんていらないの。今の私を見て？　幸せだと思う？」

ドレス一枚で、こんなに寒い部屋に入れられているのよ、と続けると、ヴィクターは黙り込んだ。

そして、「そこで頭を冷やせ、君が分かってくれるまで話し合うから」と捨て台詞を残して去っていく。

「残念ながら、あまりにもつまらない反応だった。もう話し合う機会はないわ。ヴィクター」

誰にも聞かせぬ呟きと共に、私は石造りの壁に背を預ける。

ここまで全てが考えていた通りに進んでいる。

今はまだヴィクター達が、私を警戒して監視しているだろうが、じきに緩むだろう。

なにせ私の事を気にかけてくれる人など、この家にはいないのだから。

そう思いつつ、私は壁に背を預けながら時間が過ぎるのを待った。


どれだけ時間が過ぎただろうか。

正確には分からないが、明かり取りの窓から日の光が消え、もう夜になった事は分かる。

「そろそろ……かしら」

私は地下室の扉に向けて手をかざす。

――集中しろ、あの魔法学書のページを思い出せ。

そう念じながら手に魔力を込めていけば……ガシャリと音を立てて、扉の鍵が開いた。

「やった！」

彼らには私が魔法を使えると知らせていなかったのが功を奏した。

魔法書から独学で学んだだけだけれど、解錠の魔法は上手く作動してくれた。

ちなみに、あえて魔法を使ったが、他に出る方法はいくらでもあった。なにせこの屋敷の改修費用を出したのは私なのだ。地下室の予備鍵だって閉じ込められる事を前提にこの部屋に隠している。

「まぁ、今回はまず魔法を試してみたけど……魔法学書通りいってよかったわ」

意気揚々と地下室から出ると、やはりどこにも監視は居ない。

当然だ。この伯爵家に、軟禁した妻を監視できるような他人を雇う貯蓄などない。

彼ら自身が見張りに立つことがないとも分かっていた、なにせ私に否定されて悲しむシャイラから離れればさらに癇癪を起こすのは分かり切っている。彼女から目を離す事はできないだろう。

今はあの妹のワガママぶりに感謝したい。

私は、彼らに離婚を持ち掛けた段階で、自分がこの部屋に押し込められることを想定していた。

ただ出て行けば、話し合いもせず資産を持ち逃げした妻になってしまう。

その不名誉を避けるため、こちらから離婚を切り出したのだ。

結果は予想通り。離婚調停で進めようとした妻を、彼らは力ずくで閉じこめた。

この事実を、この屋敷に働いている使用人は確かに見ていた。

「あの離婚申請書は、私からの最後の慈悲だったのよ。ヴィクター」

私はちゃんと離婚の機会を作ったのに、彼は自らその機会を断ち切った。

現状、私とヴィクターの婚姻関係は維持されている。つまり、シャイラとの関係が周囲に広まれば、ヴィクターは不貞を認めざるを得ない。

学生であるシャイラと、王太子殿下の護衛であるヴィクターによる不貞がどんな評判を生み、二人をどう追い詰めるかは想像に容易《たやす》い。

私は全てが明るみに出た後、堂々と再度離婚を申し出るだけだ。

——今度は、慰謝料だってしっかりと取れるだろう立場で。

足音を殺して、私室へと向かって準備していたトランクを持ち出す。

屋敷を出ると、ヴィクターとシャイラが熱い口付けを交わしている姿が窓の外から垣間見えて笑ってしまった。

「私を閉じこめていると思って完全にいつも通りね。相変わらず呑気だわ」

私に当主としての仕事を任せた夫。

そして、なんでも要求すれば叶うと思っている妹。

この二人が繋がる未来など、私からしてみれば不安しかない。

両親も、義母も……二人を止められるだろうか。

まぁ、無理だろう。

「でも私にはもう、関係ないことね」

妹に人生を捧げて、ヴィクターの隣で愛を求めていた生き方に終わりを告げよう。

私はこれから過去を断ち切り、自由に人生を生きていくんだ！

「さようなら、みんな」

自由という身になった途端、驚くほどに軽やかな足取りで歩いていける。

やりたい事を考えながら、私は自分の人生の一歩を踏み出した。

## 第二章　私、好きに生き始めます

そんな訳で屋敷を飛び出してきた私は……

「うぅ～、よく寝たぁ……」

旅馬車の荷台の上で、大きく伸びをしていた。我ながら呑気に過ごしている。

抜け出した私がこれだけ良く眠れたのは、夜通しいくつもの旅馬車を乗り継いで最短でクロエル伯爵領を抜け出したからだ。領地を出れば、簡単には見つからない。

その安心感から一気に睡魔に襲われたのだ。今は久々の快眠のおかげで清々しい気分だ。

今までろくに眠れぬ日々だったが、睡眠は偉大だと改めて思える。

「起きたか嬢ちゃん」

旅馬車を走らせる御者がこちらに振り返る。私はにこりと微笑んで、彼に手を振った。

「おはようございます。快適な揺れで、よく眠れましたよ」

「はは、今日の客は嬢ちゃん一人で、話し合う客がいなくて暇なんだ。起きてくれて助かったよ」

「私も久々にたっぷり眠れて気分がいいので、話し合いたい気分です」

馬車に荷物や客を乗せて、王国の各街を巡っている旅馬車。彼はそのベテランだそうで、私の返答を聞くと嬉しそうにいろんな話をしてくれた。

数多《あまた》の客を相手にしてきただけあって接しやすく、思わず声をあげて笑ってしまう。

そんな彼はひとしきり話してから、物珍しそうに私を見た。

「さて。聞いていいか分からんが……深夜から馬車を乗り継いでいたなら、夜逃げか？」

御者は同業から、私が深夜から旅馬車を乗り継いだのを聞いたのか、首をかしげて問いかける。

だがすぐに、訂正するように手を横に振った。

「すまない、爛《ただ》れた話が好きでな。話したくなければ言わなくていい。客に余計な事を聞いちまうのは俺の悪い癖なんだ」

一応、御者と客という領分は弁《わきま》えて、無理強いはしないのだろう。

話さなくてもいいと言って、改めて手綱を握る御者に、私ははっきりと答えた。

「お察しの通りです。昨晩夫の家を出てきたんですよ」

「っ!!　へぇ、それは興味深いな」

私の返事を聞いた途端、御者は身体を半分こちらに向ける。いかにも興味津々といった表情に、私は包み隠さずに全てを伝えていく。

御者にとっては面白い話だったのだろう、彼はずっと上機嫌に相槌を重ねていた。

「――と、いうわけで。伯爵家の屋敷を出て来たんです」

「なんとまぁ……思い切った選択をしたんだなあ」

「ええ、でもこれで自由になれました」

御者は全て聞いた後に、含み笑いを浮かべて私へ問いかけた。

「でも、それを俺に話してよかったのか？　俺が伯爵家に恩を売るために嬢ちゃんの身柄を渡すかもしれないぜ？　ちょっとその無警戒っぷりじゃ逃げるのは難しいんじゃないか？」

試すような物言いに、おやと片眉を上げる。しかし、本当にそんなことをするのなら、私に言う必要もない。これはきっと、私が貴族令嬢だと知ったが故の忠告だ。

見ず知らずの人からの優しさにちょっと嬉しくなりながら、私はふふっと微笑んだ。

「確かに無警戒かもしれませんね？　客人を強引に誘拐してまで、今や資産もないクロエル伯爵家に恩を売るような酔狂な方がいれば私は終わりですから」

「……ふはっ！　確かにそんな奴は居ねぇか。それに俺だってクズの味方じゃないからな」

「それは何よりです。では話を聞いてくれたついでに、私の仕事を受けてくれません？」

「は？　仕事だって？」

もったいぶるような私の言い方に、御者は訝《いぶか》しげにゴクリと喉を鳴らして続く言葉を待っていた。

私は微笑んで、言葉を紡ぐ。

「簡単な事です。私が今話したことを他のお客様にも話してくだされぱいいんです」

「何言って……」

「先程も述べた通り、夫――クロエル伯爵家の次期当主は私の妹と不倫をしていました。その妹は妊娠中です」

御者が興味深げにさらに身を乗り出してくるので、私はさらに続ける。

「彼らにとって、私が逃げた事は想定外。すぐにでも私を見つけ出して、不倫を隠すために私と離婚したいはずです」

私から離婚を持ち出した時、ヴィクターは逆上し、資産惜しさに離婚を受け入れなかった。

つまり彼自身がまだ私と婚姻状態である事を望み、不倫関係を隠蔽する機会を逃しているのだ。

御者は私の言葉をここまで聞いてから、察したように鼻息荒く頷いた。

「なるほど、俺に不倫の事実が公《おおやけ》になるよう吹聴してまわれってか……」

「はい。向こうの咎が公《おおやけ》になったあとなら、悠然と離婚に向かえますから」

ヴィクター達は、私を捕らえた後に無理やり再度第二夫人として娶《めと》り、利用したいと思っているはずだ。だから今は彼らから身を隠して、不倫が公《おおやけ》になるのを待つのが最善。

不倫の醜聞はやがて、彼らの権威や力を失墜させる。ヴィクターは王太子殿下から直々の推薦があって護衛騎士を務めているのに、不貞行為など即時失職ものだろう。

「なので、不倫の事実はどんどん公《おおやけ》に話してくださる方が私にとっても嬉しいのです」

「ははは！　こりゃ肝っ玉のいい奥さんだが……俺一人じゃどうもできないぞ？」

御者の言う通り、彼一人が噂を流した所で広まるまい。領主の醜聞を聞きたがる人間は多くても、信用できない内容であれば見向きもされないだろう。

——だけど、噂を広めるのが彼一人ではなく、多くの人々が広め始めたら？

私は御者に対して、ふたたび微笑みかけた。

「私がいくつもの旅馬車を乗り継いだのは知っておりますね。それが答えですよ」

「な……あんた、まさか」

「ええ。お祭しの通り。私は乗り継いだ旅馬車の御者の方、全てにこの話を持ちかけています」

「っ……驚いたな。こりゃ」

「旅馬車には数多くの貴族も利用するので、噂を広めてもらうには最適ですよね？」

微笑んで呟いた言葉に、御者はゴクリと唾を呑み込んで頷いた。

「さっき……無警戒だと言ったけれど撤回するよ。ここまで仕込んでいるなんてな」

「ヴィクターや、シャイラ達が二度と私の人生に関われぬように徹底的に動いているだけです」

後ろ盾のない私は、ヴィクター達に捕まればその時点で終わりだ。

だから手っ取り早く、不倫の事実が少しでも早く広まるようにしておく。

私の身の安全が保障され、心置きなく自由を謳歌するために、どんな手だって使おう。

「噂を流す報酬として、今回の旅費の五倍を払います」

「こっちにとっても客との話の種になる上、金まで貰えりゃ得だらけだな。乗った！」

御者に、これからの乗客に私の身の上話と、これまでのいきさつを全て明かしてもらう事を約束してもらう。この約束を交わしたのはすでに五人目だ。

これからまだいくつも旅馬車を乗り継ぐので、噂は順調に広げられそうだ。

「これで、仕事の依頼は終わりです」

「こっちもいい金稼ぎが出来て感謝するぜ。しかし話は変わるが、嬢ちゃん、旦那と自分の両親に閉じ込められたんだよな？」

「ええ」

「とんでもない親と夫だな……同じく子を持つ親としては信じられないぜ」

「ふふ、むしろ予想通りで安心したぐらいよ」

「予想通りって……俺は親として、子供にはそんなこと一番言われたくねぇよ」

御者がぶるりと身を震わせる。その姿に苦笑した。

私の両親や夫に、そう言ってくれるような愛情があればどんなに良かっただろうか。

残念ながら、この現実では望めそうにない。

いつか私をそうして愛してくれる家族が出来るだろうか……と思わず感傷に浸る。

すると、御者がそんな私をちらりと見て肩をすくめた。

「しっかし、軟禁された状態でよく抜けだしたもんだ」

「解錠の魔法でなんとかなりましたよ」

すると、御者は一拍空けてから、大きく噴き出した。

「っははは！　変な所で冗談が上手いな。解錠の魔法なんて魔法学者でもそう使えないぞ」

「……へ？」

魔法学書通りにすれば魔法を使えたけれど。

そう説明すると、御者は今度こそ顔を顰《しか》めて首を横に振った。

「おいおい、嘘つかないでくれよ。物体操作魔法だぞ？　簡単に使えるはずがないだろ」

あれ？　どうして信じてくれないのだろう。解錠の魔法を使えたのは事実なのに……

試しに私は持っていたトランクに魔力を込めてみた。すると、トランクは私の思った通りにふわりと浮かび上がる。

解錠の魔法ではないが、物体操作としては同じだろう。

「――ほら、できますよ？」

「な!?」

実演すれば納得するだろう、そう思っての事だったが……御者は表情を強張らせた。

「何言ってるんだ。解錠魔法どころか、じゅ、重力に反する操作魔法なんて、そう簡単に扱えるものじゃないぞ！」

「ま、魔法学書に記載されている方法で……」

「料理本を読んだから、明日から一流シェフと張り合える技術が身に付くかよ。魔法だってそう簡単なものじゃねえはずだ」

御者は驚愕して額に汗を浮かび上がらせる。

どうやら……かなり驚かれる事をしてしまったようだ。

思えば過去にシャイラの前で起こした風も、かなり突風だったのは私の魔力が強かったせい？

しかしそうなると、魔法研究者だった私の父はどうして魔法を学ばせてくれなかったのだろう。

疑問に思っていた途中、ちょうど旅馬車がいったんの目的地に着いた。

御者にこれ以上話を掘り下げられる前に、と私はトランクを自分の手で捕まえて降りようとする。

御者はポリポリと鼻の頭を掻いてから私を見た。

「おっと……もう行くのか。魔法について教えてもらいたいぐらいだったんだが」

「まだいくつも旅馬車を乗り継いで、行かないといけない所があるので」

「あんたが見せてくれた魔法なら、きっと魔法学者の所に行けば、金が貰えそうだが……」

「いえ、いいんです。私はすでに行きたい所があるので！」

「それは、どこか聞いてもいいか？」

「それは言えません。夫に見つからぬために、行き先は隠すものでしょう？」

今はまだヴィクター達から身を隠さなくてはいけない。だから、居場所を御者には告げない。

すると御者は頷いて、少しだけ心配そうに私を見つめた。

「住むところは大丈夫なのか？　資産だって銀行から引き出されるかもしれないぞ？」

その言葉に込められた心配の気持ちに、ふわっと心が温かくなる。私はこれ以上ないほどの感謝を込めて、彼に微笑みかけた。

「ふふ、それも大丈夫です！　だって銀行に預けた資産はもう使っているもの」

「え……」

「私、自分の家を買っちゃいましたから！」

「は、はぁぁ!?」

◇◇◇

——と、いうのが十日前の思い出だ。

あの後、とても驚いていた御者を置いて、すぐに他の旅馬車に乗り、目的地に辿り着いた。

それから私は、自分の購入した家に住んでいる。

「最高ね……やっぱり買ってよかった……」

質素ながらも手に入れた私だけの城。いくらでも好きなようにできる、まさに自由の象徴だ。

木造の住宅であちこち軋《きし》んだ音を立てるが、少しばかりの年季は味の一つだろう。

貴族令嬢に一人暮らしなど出来ないと、よく両親から言われていたけれど、今の私は家族と暮らしていた時より気楽だ。……なんという皮肉だろうか。

「さて、今日も行きましょうか」

呟きつつ外を出れば、目に見えるのは広大な農園だ。

その先に視線を向ければ、訓練所に向かう兵士達の姿が見える。

王国の内地では、まず見られない武装した兵団の姿がある理由は……この場所にある。

「流石《さすが》、シルジュ辺境伯領ね……兵士が多いわ」

私が移り住んだのは、辺境伯領。人の住む領域と……人を襲う魔物という生物が生息する領域との狭間であり、王国に魔物が侵入しないよう役目を受けた辺境伯様の治める地だ。

まさに、王国の守護の要。

そんな危険もある場所に移り住んだのには、当然ながら理由がある。

まず一つ目は、家族に会う事がまずないであろうという事。

この場所はクロエル伯爵領からかなり遠く、私を知る人物が居ない。

加えて旅馬車をいくつも乗り継いだので、不倫が公《おおやけ》になるまで見つかる事はないだろう。

二つ目は、住居が安かったからだ。辺境伯領は魔物の危険性ゆえ、子供が生まれた家庭は同じ領地内でもより内地に引っ越すことが多い。だから空き家が多く、私の資産でも購入ができたのだ。

空き家の扱いに困っていた人との個人的な取引だから、ヴィクター達が辿るのは困難だろう。

そしてなにより大きな理由がもう一つあった。

「ナーちゃん、おはよ」

そんな可愛らしい声が聞こえて、私の指を六歳ほどの男の子が小さな指で握った。

茶色の髪を揺らして、琥珀《こはく》色の瞳を少し恥ずかしそうに伏せている姿はびっくりするぐらい可愛い。

「ルウ、おはよう」

この子はルウ。

私の……学友だ。

「いっしょ、いこ」

「ええ、行きましょうか。今日もいっぱい勉強しようね！」

この辺境伯領には、内地と違って公的に造られた学園はない。

代わりに、学び舎《や》と呼ばれる小さな建物で、辺境領の住人は勉学に励んでいる。

とはいえ子供の少ない地域である事から生徒が少なく、入学者を増やすため高等部に関してのみ年齢制限を撤廃しているのだ。

これが、私が辺境伯領に来た最大の理由だ。

そう、妹のせいで失っていた学ぶ機会がここにはある！

「がっこ、たのしみ？　ナーちゃん」

「ええ、高等部一年として……今日も学問に励むわよ！」

話は長くなったが、簡単に言えば今の私は……二十三歳にして学生になりました！

奪われた学びの機会、自由に楽しんで好きなようにやり直していきます！

## 彼女が居ない生活・一　ヴィクター side

「……ナターリア？」

扉を開いた先の光景に、ナターリアへ渡そうと思っていた朝食が床にこぼれ落ちる。

もぬけの殻となった地下室を見て、呆然とする。

ナターリアが屋敷から出て行ったのだ。

「鍵がかかっていたのに、どうやって……」

「どうしたの。ヴィクター」

放心している僕に、寝起きのシャイラが近づく。

そして彼女も、誰もいない地下室を見て状況を察したのか、べたりと床に腰を落とした。

「え？　そんな……お姉様、どこ？　なんで私を置いていったの」

「シャイラ、落ち着け」

目を大きく見開き、シャイラが悲しげな声を出す。

姉への愛が深い彼女にとって、姉が自分を置いて去った事実は辛いだろう。

「なんで？　私のお願いをなんでも聞いてくれる優しいお姉様が居ないと、私……」

愛するシャイラの動揺した様子に、胸が痛む。こんなに心配をかけるナタ－リアが許せなかった。

僕は空の部屋を睨みつけてから、悲しむシャイラをそっと胸に抱いた。

「ナタ－リア、君は身勝手だよ。愛する妹が居るのに出て行くなんて」

「ひぐっ！　ひぐ」

「泣かないで、シャイラ。今日は学園を休んでゆっくりしているといい。分かったね」

「………うん」

ナタ－リアはとうとう一線を越えた。僕や家族に多くの迷惑をかけてしまった。

妹がどれだけ悲しむのか、考えもしなかったのか？　最低だよ、君は。


シャイラを部屋で落ち着かせた後、母のミラリアにも事情を話した。

「騎士団に相談して、ナタ－リアを捜索しようと思うんだ。母さん」

女性一人の足ではそう簡単に遠くには行けないはずだ。

捜すなら人海戦術が最善、そう思ったが……

「やめなさい、ヴィクター。みっともない妻がいる事実を皆に知られたら恥ずかしいわ」

「っ……」

母は僕を即座に叱責した。

「前にも言ったはずよ。学園を途中で退学したような娘は貴方に釣り合わないの。むしろ居なくなってせいせいするわ。もう顔も見なくてすむもの」

母の言葉で、ナターリアを捜そうと思っていた考えが揺らぐ。

昔から、母の言葉はいつだって正しかった。幼い頃に父が亡くなってから、母は父の遺産で僕が伯爵家を継ぐまで育ててくれた。そんな母は僕にとっては人生の手本だ。貴族としての生き方、人付き合いの方法……それらを正しく教えてくれた。

ナターリアについてもそうだった。

彼女を妻に迎えた当初は、その可憐な姿に心が惹かれた。

共に過ごす日々が愛しくて、記念日に手袋を贈ってくれる彼女を大切にしたいと思っていた。

『貴方の手が、傷付かないように……大切にしてほしくて』

『ありがとう、ナターリア』

はにかみながら、手袋を渡してくれたナターリアを僕は心から愛していた。

でも母は、僕と違って彼女の醜悪さをしっかり見抜いていたんだ。

『あの娘、学園を退学したそうね。今になって子爵家から教えられたわ』

母はナターリアの過去を知ると、苦虫を噛み潰したような表情で僕に言葉を告げた。

『最悪よ。ヴィクター、あれはみっともない妻だったわ』

『みっともない？　ナターリアが？』

『ええ、世間体が最悪よ。あんな妻が我が伯爵家に嫁いだなんて、恥ずかしいわ』

母が言うなら、彼女はみっともない女性なのかもしれない。そう考えるうちに、いつしか愛していたはずの彼女の姿はだんだんと醜い姿に塗り替わっていった。

母が嫌っている女性で、誰にも自慢出来ない妻。

……その夫の僕はなんて惨めだろうか。

だからいつしか夫婦の時間を遠ざけるために、ナターリアに領主業を押し付けていた。

でも愛する彼女への罪悪感も同時にあったし、ずっと僕だって苦しかったんだ。

だからシャイラと出会った時は、救われたと思った。

親しい妹が居ればきっとナターリアも喜ぶし、シャイラを妻にすれば母も喜ぶ。

「ナターリアを含めた皆が、幸せになるはずだったのに」

考えにふけって思わず呟いた言葉を無視して、母が言葉を続けた。

「ヴィクター。貴方も分かっているでしょう？　あの女は放っておきなさい。貴方の気を引くために出て行ったのよ。馬鹿な女はそういった事をして構ってほしがるの」

母の言葉に感服してしまう……確かに母の言う事には一理あるじゃないか。

ナターリアは僕に引き止めてほしくて、こんな事をしでかしたのだろう。

「それにあの女は貴族の娘よ。どうせその内、生活も出来なくて帰って来るわよ」

貴族令嬢が一人で働いて生きていくなんて現実的ではない。

彼女は資産管理などしっかりしていたが、伯爵家の名があっての稼ぎでしかなかったはずだ。

後ろ盾もない今、そのうち泣きついて戻って来る方が自然だろう。

「あの女は一人で生きていけない現実を知って戻ってくるわ。そのとき、改めて側室として貴方を支える事を誓わせなさい」

「確かに、それが最善だったね。気付かせてくれてありがとう、母さん」

「ええ。貴方は気にせず、シャイラさんをしっかり愛してあげなさい」

ナターリアは僕に迷惑をかけ、心配してほしかったのだろうが墓穴を掘ったね。

母の助言によって、僕は冷静になれたのだから。

◇◇◇

あれから数日が経った。

シャイラは心労もあり学園を休んでいるが、流石《さすが》に僕は王太子殿下の護衛は休めない。

だから今日も、シャイラと同じ学園に通う殿下のもとへ向かう。

とはいえ、学園内では殿下の護衛としてやる事はほとんどない。

生徒達と過ごす殿下の傍に居るだけでいいのだから、正直退屈なほどだ。

暗殺なんて真似が横行する程、この王国の治安は悪くない。しかし、何があるか分からないのも世の常だ。だから学園でも、護衛を殿下と帯同させる必要がある。

……自身の実力で勝ち取った名誉に不満はないが、退屈なのは考えものだ。

「ヴィクター殿、よろしいですか？」

「どうした？」

暇な時間に辟易《へきえき》していた時、もう一人の護衛騎士が僕に声をかけてきた。

「殿下が貴方と直々に話したいと、あちらの空き教室でお待ちです」

「殿下が？」

王太子殿下が、わざわざ護衛騎士のみと話すために時間を設けるなど異例だ。

その瞬間、呼び出す理由が分かってしまい、気落ちしながら頷く。

見ればすでに人払いを済ませた教室の扉が開き、中で座った殿下が手招きをしていた。

「分かった。ここの持ち場は頼んだ」

声をかけてくれた同僚にその場を任せて、招く殿下のもとへ向かう。

非礼がないように中の王太子殿下に軽く敬礼をしてから、空き教室へと入った。

「お呼びでしょうか、デイトナ殿下」

殿下の御前にて、忠義を見せるために膝を床に突いた。

このカリヨン王国の王太子、デイトナ・カリヨン殿下は第一王位継承者であり、次代の国王として最も有力な人だ、失礼があってはならない。

デイトナ殿下は柔和な微笑みを浮かべて僕を見た。

「急な呼び出しを許せ」

「いえ、王太子殿下から直々にお呼びなど身に余る光栄です」

優しげな物言いに少しホッとしたが、それも束の間だった。

「私が言った通りに、妻との離婚は済ませたか」

「は……はい」

デイトナ殿下の笑みがすっと消え失せる。その表情と言葉に心臓がキュッと縮む。

人払いをしてまで二人で話す理由はこれだ。

僕とシャイラの不倫をデイトナ殿下は知っており、ナタ－リアとの離婚を提案してくれた。

殿下が僕を庇うような提案をしたのは、大きな理由がある。

「お前を護衛騎士に推薦して、もう二年になる。まさか勤め先の学園で不倫するとは……火遊びにしても軽率だとつくづく思うよ」

「申し訳ございません」

「お前の不倫を知った時、私は肝を冷やした。私が推薦した護衛騎士が不祥事など、未来の王たる私に傷がつく」

淡々と告げられているだけなのに、圧力を感じ、僕は冷や汗をかく。

おっしゃる通りだ、軽率な真似をしてしまった。

しかし妻と母に板挟みされた僕には、シャイラが家族の仲を取り持つ存在として必要だった。

だからこそ、殿下に不貞を知られた時、僕は自分の事情を話した。

すると、殿下は事態が公《おおやけ》になる前に離婚をしてしまえば経歴に傷がつかないと助言をくれたのだ。

「お前を解雇すれば、理由も勘繰られるだろう。不貞を行ったのは問題だが、私に仕える姿勢は特に変わらなかった。故にその問題さえ処理すれば……と思ったが、上手くいったようだな」

「……は、はい」

実際の所は激昂してしまって、僕は離婚申請書を破いてしまった。

さらにナターリアは失踪して離婚の手続きすらままならないという最悪な事態だ。しかしそんなことを言えるはずがない。

引きつりそうになる顔を、さらに深く跪《ひざまず》くことで隠す。すると、デイトナ殿下はこんこん、と机を叩いて僕の注意を引いた。

顔を上げると、冷徹な瞳が僕を見下ろしていた。

「こんなことは今回限りだ、襟を正して業務に励め。私がお前を護衛騎士にしたのは剣の腕だけではない。領主としての才能も見込んでいるのだから」

「りょ、領主としてもですか？」

「とぼけるな。お前の領地の成果は誇れるものだぞ」

そう言ってデイトナ殿下は机の上にバサリと書類を落とす。

目を通せば、クロエル伯爵領の税収管理に関する物だった。

「お前の領地は、街道の整備や農地管理で成果を出している。また税収がここ数年で二割も上がっている。領民からの不満の陳情もないとも聞いて、他貴族家が注目しているぞ」

そんな政策を施した覚えなど一切なくて、再び顔が引きつりそうになる。

……待てよ、領主としての事務仕事を任せていたのはナターリアだ、まさか彼女が？

「この国は多くの問題を抱えている。辺境伯領の魔物への脅威、不作への恐怖。民からそれらをとり除いてやるためにも、私は王太子として完璧な経歴と優秀な部下を持ちたい。分かるな？　お前にならそれを任せられると思っている」

「は、はい」

褒められているというのに、動揺して目線を逸らす。

彼女の後釜として同じ成果を求められている事に背筋が凍る思いだ。

「それとお前の前妻についてだが、此度《こたび》の事態は私の責任でもある。詫びをするためにも呼んでくれないだろうか」

「え⁉　デイトナ殿下にそのようなご配慮は頂かなくとも！」

「会わせろ、別件でも少し興味があるんだ」

一切引く気のなさそうなデイトナ殿下に、彼女がすでに居ない事など伝えられるはずもなく、手がじっとりと汗ばむ。

「フォンド子爵の娘だと聞いたが、その魔力に興味がある。早急に会わせろ、分かったな」

――どうして、デイトナ殿下がここまでナターリアに興味を？

理由を聞こうとした時、殿下は時計を一瞥して書類をまとめはじめた。

「お前の妻に会う日程は追ってこちらから連絡する。詫びの菓子ぐらいは用意しよう」

「あ……あ、あの……」

「もう離婚を果たしたならば法的には問題ないが、お前が以前よりシャイラ嬢と関係を持っていたことは誰にも漏らすなよ」

その言葉に、事実を打ち明ける事など出来なかった。

職務中に色恋沙汰――しかも不倫などという話を聞いてなお、最善の策を提供してもらったというのに、離婚もできず、領地管理を任せていた妻が出て行ったなど、これでは最悪な報告だ。

「万が一にも不倫が公《おおやけ》になれば、私は今度こそお前を切る。その場合、厳罰は免れないと思え。お前の貴族籍は剥奪し、一家まとめて国外追放までする覚悟だ。心せよ」

「わ、分かりました！」

「再三言うが、襟を正して業務に励め」

震える声を隠せていた自信はない。

ナターリアを捜索しなかった事が最善だったのか、今になって心配が生まれてくる。

しかし母の言う通りに一人で長くは暮らせまい。きっとすぐ帰ってくるはずだ。

そうやって不安をごまかし、冷静に護衛の任を終わらせて帰り支度をする。

未だ葛藤が残る中で学園を出れば、門前にナターリアの父……フォンド殿が待っていた。

「ヴィクター様！　ナターリアが出て行ったと聞きましたが、本当ですか？」

シャイラから手紙で伝えられたのだろうか？

彼は酷く焦った様子で僕に尋ねてくる。僕は一瞬躊躇《ためら》ってから、彼に頷いた。

「事実です、フォンド殿」

「地下室に閉じこめていたはずです。鍵は？」

「どうやら、魔法で解錠したようです。彼女が魔法を使えるとは知らなかった僕が迂闊《うかつ》で――」

「魔法だって⁉　そんなはずない‼」

突然、フォンド殿が僕の言葉を遮り、大きく叫んだ。

その様子は、驚愕という言葉がよく似合う程に動揺して見える。

「フォンド殿？　どうされました」

「魔力は確かにシャイラに……」

「何を言っているのですか？　落ち着いてください」

肩を叩けば、ようやく正気に戻ったのだろう。

フォンド殿は手を口元に当てると、慌てた様子で首を横に振り、僕に頭を下げた。

「申し訳ありません。ともかく私の方でも捜しますので、ヴィクター様も引き続きナターリアの捜索をお願いします！　すぐに見つけましょう‼」

フォンド殿は心ここにあらずといった様子で、説明も曖昧なままこの場を走り去っていく。

僕はまだ、ナターリアを捜してはいないのに……

いったいどうするべきなのか分からず、僕は呆然と立ち尽くすのみだった。

◇◇◇

これからどうすべきか、気持ちが整理できぬまま屋敷に戻る。

玄関扉を開けば、シャイラが微笑んで迎えてくれた。その明るい様子に、悲しみから少し立ち直れたのだと分かる。

「ヴィクター、お帰りなさい。お姉様の事はなにか分かりました？」

「……心配しなくていい、きっとナターリアはすぐにシャイラのもとへ戻って来るよ」

僕自身にも言い聞かせるように、ナターリアは帰ってくるとシャイラに伝える。

効果はあったのか、シャイラはさらに明るい笑顔で僕に抱きついた。

「ヴィクター、心配かけてごめんね。そうよね、お姉様は私を愛してくれているからきっと帰ってくるはずよ。だから一緒に待ちましょう！」

「あぁ、ナターリアも分かるはずだ。僕やシャイラと共に暮らせる方が幸せだとね」

「うん！　そうだよね」

そう、心配はいらないはずだ。

ナターリアが愛していた僕と、大切にしていたシャイラ。

皆で家族になれるなら、それが一番幸せなのだから。

「ありがとう。ヴィクター、大好き」

こんなに可愛らしい妹を見捨てるなんて、ナターリアは本当に軽率だ。

そう実感しなおした時、シャイラは僕に抱きついた腕の力を少しだけ強めた。

「そうだ、ヴィクター。少しお願いしてもいい？」

「なんだい？」

見上げる姿の可愛らしさに心ときめかせつつ聞き返すと、シャイラは恥ずかしそうに微笑んだ。

「実は……シャイラ。今度の学園祭に着て行く服がないのです」

「え？　制服は？」

学校なのだから、と聞き返すと、シャイラは首を横に振った。

「同級生に公爵家のご令嬢がいらっしゃってね。彼女が着ているドレス……シャイラはあれが羨ましいの。すごく綺麗でキラキラで、シャイラも着てみたい」

「そ……れは……」

「ヴィクター。私は貴方の妻として自慢できる姿でいたいの、駄目ですか？」

爵位階級が高い公爵令嬢御用達のドレスとなれば、相応の金が必要だ。

……とはいえ、困っている妻を見捨てる訳にはいかない。

「分かったよ。シャイラ」

「やった！　ヴィクターが愛してくれて。私、本当に嬉しい！」

これから家族として幸せになるんだから、シャイラが喜ぶ事ぐらいはしてあげたい。

僕はナターリアが羨んで帰ってきたくなるほどの家庭を築くんだ。

その時はこの幸せな家庭の中に、僕から彼女を快く迎えてあげてもいいだろう。

# 第三章　学友との新たな毎日

私が暮らすカリヨン王国、その辺境伯領の歴史は長い。

王国の北は魔物という、人間にとって脅威となる生物の生息域に面している。

ゆえに王家は魔物の侵入を拒《こば》むため、防衛の任を受け持つ辺境伯という爵位を設けた。

辺境伯は北の国境に防壁を設け、以降、国を守護する盾としての役目を全うしている。

今の私が暮らす、この辺境伯領はそうして成り立っている。

「いつ見ても、大きい壁ね……」

眼前にそびえ立つ壁を見つめる。この壁が魔物との境に立つ防壁だ。先が見えないほどに長く国境沿いに伸びている。すると、私の隣でルウがこてりと首を傾げた。

「これ、おっきの？　ナーちゃん」

「ルウにとっては当たり前の光景だものね」

私の指を握るルウの平然とした様子に、ここではこれが当たり前なのだ、と再認識する。

少し見渡すとあちこちで兵士が訓練していたり、哨戒していたりする。平和であり、魔物の侵入があるなど聞いたこともない王国の内地ではあり得ない。

早くここでの生活に慣れないと、と思っていると、きゅっと指を握られた。

「ナーちゃん、がっこ来てくれてよかった。ルウ……あんまり友達いなかったから」

ルウは六歳程の男の子で、辺境伯領で通い始めた学び舎《や》で初めてできた学友だ。

五日前に高等部として入学した私に、王国内地について興味を持って話しかけてくれた。

「私も良かったよ。ルウが学び舎《や》で私を受け入れてくれたおかげで、学級に馴染めたもの」

この辺境伯領は魔物の生息域に面している事もあって子供が少ない。

そのせいか、十年以上前は学び舎《や》なんてなかったそうだ。それもあって、辺境伯領では子供が産まれれば内地に移り住むのが当たり前で、年々人口が減少していっていたという。

そうなればもちろん、成人してこの地で働く兵士の数も減っていく。

そんな状況で、現辺境伯が一手を打ち、子供達の未来となる施設へ投資を始めたのだ。

辺境領に創設された学び舎《や》がそれだ。

とはいえ――

「流石《さすが》に、学生が十人は少ないわね……」

教室に入っていつも思うけれど、机の数が圧倒的に少ない。

改善しつつあるとはいえ、子供の数が急増はせず、生徒は私を含めて十人しかいない。

それも初等部と中等部が入り混じって九人、高等部は私一人のみだ。

そんな人数だから、学ぶ教室も一緒である。苦笑していると、ルウが隣の席で私の袖を引いた。

「ナーちゃん……おうとのがっこって、そんなにおともだち多いの？」

「ええ、ルウ。外にいる兵士さんぐらい多くいるのよ」

「え！　ルウ！　行ってみたい」

興味津々のルウに王都について語っていると、学び舎《や》に通う子供達が続々と周りにやってくる。ルウが私とよく話してくれるおかげか、他の生徒達も歳の離れた私を迎えてくれたのだ。

ナーちゃん、ナっちゃんなどと呼んでくれるのが嬉しい。

二十三歳にして学び舎《や》に通う私だが、子供の順応力には感謝しかない。

感傷に浸っていると、教室の扉が開いて一人の老人が入ってきた。

「おや、もう全員揃っているな」

「おはようございます。モーセさん」

「おはよ～」

私とルウが挨拶したのは、この学び舎《や》の講師であるモーセさんだ。

白髪が混じった髪に、長年伸ばしたであろう長い髭が特徴的でもある。

その髭をルウや子供達が三つ編みに結び始めても、気にせずのほほんとしている方だ。

とはいえ、このカリヨン王国では数人しかいない博士号を持っている研究者だったらしい。

そんな経歴を持ちながらもこの学び舎《や》に所属している理由は、単に子供の未来のためだという。

「ナターリア嬢も毎日早い時間から来てくれて嬉しいのう」

「私こそ、中途入学なのに快く受け入れてくださって嬉しいです」

ちなみに素性は明かさずに学び舎《や》には入学している……というより、どうしてここに来たのかは聞かれなかった、というほうが正しい。この辺境伯領では誰も人の出自など気にしないようで、私について深く詮索される事はなかったのだ。

「ほほ、二十を超えてもなお学ぶために来たナターリアさんは酔狂だが、立派じゃよ」

いつもの世間話を終えて、モーセさんが授業を始めていく。

授業は年代毎に時間交代なので初等部や中等部が授業の際には自習をしている。本当は高等部の時間に来ればよいだけなのだけれど、学ぶ機会が失われていた知識の数々を知れるのは楽しい。

特に歴史は面白い。この国の王家が安定するまで、幾度も王権が入れ替わっている話などは、事実としては知っていても、各時代の王のエピソードまでは知らなかった。

気付けば今日もあっという間に時間が過ぎていく。お昼に私向けの授業を終えると、最後である初等部向けの生物学まで辿り着いた。

「さて、今日は魔物について少し教えようか」

魔物についての授業。初等部向けとはいえ、気になる言葉に顔を上げる。

「まず、魔物とは多種多様な生物を総称して呼んでいるだけじゃ。本来はそれぞれに種族名があるのは知っているな」

「「はーい」」

「そして魔物とは人を食べ、人を積極的に襲う生物に限定されている」

私が頷いていると、隣のルウが元気よく手を挙げた。

「モーセおじちゃん、どうして魔物は人をおそうために、こっちにくるの？」

「ほほ、良い質問じゃな」

ルウの言葉に笑みを浮かべながら、モーセさんは言葉を続けた。

「人を住む領域を家に例えると分かりやすいかの。ルウ、お主の家に虫はいるか？」

「うーんとね、ルウのいえではね……みたことないよ」

「まぁ、お主の家ならそうかもしれんが……一般的にはいるものだ」

なにか含みを持たせた言い方で、モーセさんは髭を撫でながら頷いた。

「それはなぜか？　虫にとって人の家は餌の宝庫、危険を冒しても侵入したい場所だ。程度は違うが魔物もそれと同じといえよう」

言われてみれば確かにそうだ。魔物は餌を求めているだけ。

そこには悪意なんてなくて、純粋な食欲で人へと牙を向けるのだろう。

ルウは、分かりやすくも残酷な結論に、肩を落としている。

「まものさんに、皆をおそわないでって言いたいのに」

「ほほ、もし魔物が人を襲わぬ世になればきっと多くの人が救われるだろうな。ルウ坊の夢は壮大で良い事だ。さて、今日の君達への授業はこれで終わりじゃ。また明日な」

時計を見て呟いたモーセさんに、子供達はそれぞれ感謝の言葉を告げた。

するとルウがすぐに、私の隣に来て手を引いた。

「いっしょかえろ！　ナーちゃん」

「うん、帰ろうか。ルウ」

さぁ、ルウと帰ろうとした時、モーセさんがなにかを思い出したように声を上げた。

「そうだ、ナターリア嬢。一か月後にお主にも魔法学を受けてもらう。その前に、魔力検査をするので髪の毛を一本もらえるか？」

モーセさんの言葉を聞いて、胸が期待でどくんと鳴った。

学園を退学し、触れることさえできなかった魔法学をようやく学べるのだ。

魔力検査とはなにか聞けば、どうやら私の得意となる魔法の属性を調べてくれるようだ。

それならばと、喜んで髪の毛を一本抜いてモーセさんへと渡す。

「魔法学が始まる前にはお主の魔力の性質が分かるよ。楽しみに待っているといい」

「はい、お待ちしております。モーセさん！」

モーセさんに別れを告げて、学び舎《や》を出て行く。

とはいえすぐには帰らない。ルウが行きたい場所へと寄り道をして遊ぶ。

ルウと沢山駆けっこした後は、一息ついて私の家で紅茶を振る舞った。もちっとした足を揺らしながら、ルウが微笑む。

「えへへ、ナーちゃんといっしょ。ルウね、たのしくてすき」

「私も楽しいよ。ルウが居てくれてよかった」

ルウと遊ぶのはとても楽しいけれど、時間が経つのも早い。気が付いたらもう陽が傾いてきた。

ルウは窓の外を見てハッとした表情になると、椅子から「よいしょ」と降りて私を見た。

「ルウ、そろそろおうちかえるね」

「そうだね。もう遅いし、お家まで送るよ」

「ううん。だいじょぶ……ルウね、おむかえあるから」

お迎えがあるとは、一体どういう事だろう。

疑問に思う私を置いて、ルウは玄関扉を開いて「ばいばい」と小さな手を振る。

見送るために外へ出ると、なんと数人の兵士が家を囲むようにして立っていた。その光景に目を瞬《しばた》かせていると、ルウは何も言わずに笑みを浮かべて私の手を握る。

「あのね、あのね……またあしたもね、ルウとあそんで。ナーちゃん」

「え、ええ。もちろんよ……ルウ」

「やた！　また明日ね、ナーちゃん！」

嬉しそうな笑顔のまま歩いていくルウと、その周囲を遠巻きに歩く兵士達。

兵士達はあの子を守っているように見える。どうしてなのだろうかと疑問が湧く。

しかし事情を抱えているという点では私も似たようなものだ。

全て知っているのが友人という訳でもないのだから、あの子が話すまでは気にしないでおこう。

今は純粋にルウとの時間を大切にしていきたいからね。

「またね！　ルウ！」

「うん！」

また明日も会う。その約束を胸に、大きく手を振った。

すっかり夜になった頃、玄関扉がノックされた。

外に出れば、見知った顔の兵士が朗らかな笑みを浮かべて、私に向かって頭を下げた。

「ナターリアさん、お疲れ様。こんな時間にすまないな」

「いえ、お仕事お疲れ様です」

剣を携えた兵士である彼は、近隣に住むご近所さんだ。

ここに来たばかりの頃、彼とその奥さんに荷物整理などを手伝ってもらった。

「こんな夜更けに、どうされたんですか？」

「実は、以前にもらった手袋があるだろ？　あれ、他にもあったりしないかな？」

『以前の』というのは、荷物整理の手伝いのお礼で礼金と共に渡した私のお手製手袋のことだろう。

学園退学の際に、手に職をつけなければと思った結果、縫い物は一通りできるようになった。

ヴィクターにだって、手製の手袋をプレゼントした事もあるぐらいだ。

特に彼は危険な騎士という職だから、無事であってほしいと祈って手袋を作ったのだが……

思い出したくない記憶が溢れてきそうになって、慌てて首を横に振る。

私は笑顔を作って、目の前の兵士を見上げた。

「あの手袋は私の手製なので追加でも作れますが……」

「そうか！　助かるよ。実はあれをつけてから……なんか剣の握りもいいし、絶好調でな。それを知った同僚が欲しがっているんだよ。頼めるか？　もちろん金は払う」

その願いは私にとっては、とても嬉しい提案だった。

「ええ、もちろんです。ぜひ作らせてください！」

「ありがとな！　結構な数が必要だと思うから、暫くは仕事に困らないはずだよ」

思いがけず服飾の技術が役に立つなんて、昔の私に感謝しないとね。

これで生活費はなんとかなるかもしれないと思いながら、兵士の提案を引き受ける。

——でもこの時の私は、知る由《よし》もなかった。

生活費のためにと気軽に引き受けた、この仕事。なんの変哲もないただの手袋づくりが、辺境伯領の平和を築く一つの重要な選択になるだなんて。

◇◇◇

辺境伯領に移り住んで一か月が経った。

毎日はとても充実している。ここの人達が皆いい人ばかりのおかげだろう。

魔物という危険が隣にある場所だからか、人同士は協力していこうという風土が心地よい。

縫い終えた手袋をテーブルの上に置いて、伸びをする。まだ朝日が昇り切っていないぐらいの時間だけど、実家にいた頃と違って気分は爽やかだ。

「よし、できた」

誰かに強制されないだけで、こんなに気分が違うなんて。

すでにいくつか縫い終えた手袋を兵士に渡しているが、とても感謝された。この手袋の何がいいのかは分からないけれど、あんなに喜んでもらえるならこちらも嬉しい。

そう思いつつ片づけをしていると、今日もルウが学び舎《や》に誘いにやってきてくれた。

家の外から元気な声がかかる。

「ナーちゃん、きょうも、いっしょいこ！」

「少し待っていてね。すぐに鞄を持ってくるから！」

「うん。まってる～」

今日は特に気分がいい。なにせ今日の授業はいよいよ魔法学なのだ。

期待を胸に、縫い終えた手袋を置いて鞄を持つ。

玄関を出ると、飛びつくようにルウが私の指を握った。

「おててつないでいきたい！」

「うん、繋いでいこうか！」

「やた！　いこ、ナーちゃん」

叶うはずがないと思っていた勉学に励む日々とは、こうも幸せなのか。

あの家を出て本当に良かったなと改めて幸せを噛み締め、歩を進める。

「ナーちゃん、あれ……」

すると、ルウが防壁を指さした。

見ると防壁の堅牢な門が開いている。兵士が防壁の外に出ていたのだろうか。

目を凝らせばたくさんの兵士と騎馬が中へ迎え入れられている。この辺境伯領では、定期的に防壁付近の魔物を駆除しているらしい。

きっと昨夜から今にかけて掃討作戦があったのだろう。

この平和な暮らしを保ってくれている兵士の皆さんに感謝した瞬間、ルウが私の手を引っ張った。

「おにいちゃん……。ナーちゃん、来て！」

「え⁉」

どうしたのだろうか。ルウはいつもの笑みを消すと、帰還してきた兵士達の中へと走り出す。

引きずられるように、私もルウにつられて走った。

「ルウ、どうしたの？　なにがあったの」

「どこ……おにちゃん」

帰還した兵士達を家族達が出迎えていて、微笑ましい光景が広がっている。

そんな中、ルウは不安げに周囲を見渡していた。

どうしたのかと聞こうとすると、一人の兵士が私の前へ現れた。

「ナターリアさん！　どうしてここに？」

「あ……」

手袋を私に頼んできた兵士さんだ。どうやら彼も配属されていたようで、奥さんと一緒だった。

すると彼の隣に居た兵士までもが、こちらに視線を向けてくる。

「ナターリアって、あんたのことか⁉」

「え？　そ、そうですが……」

「な、なぁ。この手袋どうやって作ったか教えてくれないか？」

どういう意味だろうか。今はルウの話を聞きたいのに……

困惑している間にも、「ナターリアさんがいる」というざわめきが広がり、私の作った手袋をつけている兵士が何人も近づいてくる。

「実はこの手袋をつけてから、明らかに調子がよくてな」

「俺もだ、剣が軽いんだよ」

「新兵の僕も、今日は魔物に剣を刺せたぐらいです！　皆欲しがっていますよ」

な、なんだか盛り上がっている……。でも、手袋一つで実力が大きく変わるはずはない。一人がそんなことを言い出したからそう思い込んでいるだけだろう。

噂は大きくなるというが、こういうことか。

目を輝かせる兵士さん達を落ち着かせるように、私はできるだけ穏やかに微笑みかけた。

「それは、皆さんの努力のおかげだと思いますよ」

「え、うーん。なんかそうも思えないんだよ」

「手袋だけで大きく変わるはずがありませんもの。また追加で手袋を作っておいたので、後で渡しますね」

「あ……あぁ。助かるよ、他の隊からも求められているからな」

「もっと宣伝しておいてくださいい、私の懐が潤いますから」

冗談めかしてそんなことを言った時だ。

隣に居た兵士さんが息を呑み、突然その場に跪《ひざまず》いた。

同時にその場の全員が喋っていた口を閉じ、即座に跪《ひざまず》き始める。

いったい何が⁉

混乱し、視線を前に向けると……そこには一人の男性が立っていた。

「お前が、ナターリアか」

「へ？　え⁉」

その男性は大きな体躯に、彫刻のような綺麗な顔立ちで、銀糸の髪が太陽で輝いている。

極めつきはルウと同じ満月のような琥珀《こはく》色の瞳が、私をジッと見下ろしていた。

皆がこの人に跪《ひざまず》いているようだけど、いったいどなた？

「辺境伯様。どうしてここに？」

兵士達の声に、今度こそ虚を衝《つ》かれた。

この男性はどうやら、この地を治めている辺境伯――リカルド・シルジュ様らしい。

彼については、王都でも多くの噂が広まっているから知っていた。

彼が辺境伯となってから魔物被害や死傷者が極端に減ったという華やかな噂、一方で多くの兵士が死んだ戦場でも表情一つ変えない冷酷な人間だと畏怖される噂の二種類を聞く。

命に背けば即座に首を落とされる、なんて真実かどうか分からぬ話も聞いた。

そんな人が、私を見つめているのだ。

兵士と共に魔物駆除をしていたのか、頬と髪にまで付着した魔物の返り血が乾いて固まっている。

「お前に、話が――」

そんなリカルド様が話を始めた瞬間だった。

私の隣に居たルウが、小走りでリカルド様の裾を掴んだ。

「ルウ。なにをして!?」

「おに……ちゃん」

「えっ？」

聞き間違い？　ルウがリカルド様の事をお兄ちゃんと呼んだ？

しかし、他の兵士に驚いた様子はない。私以外には周知の事実なのだと驚く。

だが二人は兄弟というには、余りにも異質だった。

なにせルウは泣きそうなほどに緊張しており、お兄ちゃんと呼ばれたリカルド様の返答は……

「なぜ、ここに居る。お前がここに居る必要はない」

——そんな平坦なものだったからだ。

ルウはリカルド様の返事を聞くと、大きな瞳を潤ませてぎゅっと裾を握り締めた。

「ごめ……ごめ……なさ……ルウ、おはなししたくて」

「話すことはない」

ルウの声は誰だって抱きしめたくなるぐらいにか細い。でも、リカルド様はあくまで冷淡だった。

その返答にルウは俯くと、リカルド様の裾を離して、私の手を握って後ろに隠れてしまう。

「話の続きだ、ナターリアといったか」

リカルド様はルウを一瞥してすぐ私へと視線を投げてきた。その冷たい瞳にぞくりと背筋に寒気が走る。私はルウを庇うように一歩進み出て、深く礼をした。

「はい、私がナターリアですが……」

「ついてこい。お前に話がある」

そう言ったと同時に、彼が踵《きびす》を返したのが見える。

——突然呼びかけられたと思えば、ついてこいとは？

思わず顔を顰《しか》めると、周囲の兵士達はすぐについていくんだと目線で訴えてくるが……

当然、私の答えは決まっていた。

「えーと、お断りします！」

さくさくと歩みを進めていたリカルド様が立ち止まり、私を振り返る。

「……は？」

「ルウと学び舎《や》に行きますから！　それでは！」

今にも泣き出しそうなルウを置いて、ついていけるわけないじゃない！

リカルド様に礼をして、私はすぐに俯いていたルウを抱き上げる。ルウの涙で濡れた目がぴかっと光る。

「ナーちゃん？　いいの」

「もちろん。ルウと通学するって言ったでしょ？」

そう言って学び舎《や》のほうに歩を進めようとすると、周囲の兵士が慌てて肩を掴んできた。

「え、えっとナターリアさん。相手は辺境伯閣下で」

「関係ありません！　私はこの子の友達として学び舎《や》に行く方が大切なので！　それでは！」

「ナーちゃん……ルウといっしょ、いてくれるの」

「もちろんだよ。だから泣かないで、ルウ」

辺境伯様だかなんだか知らないが、私は悲しそうにしているルウの方が大切だ。

兄弟としての関係性など知ったことではない。学友を優先するのが私の生き方だ。

そう思って歩くと、誰かが私の肩に触れた。振り返ればリカルド様が無表情で見つめている。

「本気か？」

「はい。今日から魔法学が始まるんです。ルウと一緒に過ごす魔法学は絶対外せませんから、私に用があるならその後でお願いします」

「なっ⁉」

私の理由に兵士達が騒然としている中、リカルド様はしばらく黙った後に頷いた。

「分かった」

意外にもあっさりと返事をしてくれたことに驚く。実家でもしこんな口をきいたら、確実に嫌味をぶつけられただろう。

その素直さを少しだけ有難く感じつつ歩き出せば、抱っこしていたルウが私の首元に抱きついた。

「ルウね。まだナーちゃんにね、はなしてないことあるの」

「ふふ、確かに今日の事は驚いたよ」

そう言って微笑むと、ルウはしゅんと眉をハの字にして私を見上げる。

「ともだち、いやになった？　ルウ、かくしごとしてたから……」

「ううん。ルウが話したい時に全部言ってくれればいいの。そんな事で嫌いにならないよ。だって私はルウの親友だからね！」

目を合わせて微笑む。すると、ルウがぱっと笑顔になった。

「っ……やた。ナーちゃんといっしょでうれしい。あいがと」

「ルウこそ、もう大丈夫？」

「うん。ルウね、もうナーちゃんのおかげでへっちゃらだよ！」

ぎゅうっと抱きしめられて、その温かさに心まで温かくなる。

そこで、大きな鐘が鳴る。朝を知らせる鐘だ。

――つまり、授業の開始時間が近い！

「ごめん、ルウ。走るね！」

私はぎゅっとルウを抱えたまま、走り出した。

「……ナーちゃん、はやーい！　ありがとう！」

学び舎《や》の扉をくぐり、教室になっている部屋に滑り込む。遅刻寸前だったが、全力疾走したおかげで間に合った。抱っこしていたおかげか、いつも通りの明るさに戻ってくれたルウにホッとする。

この笑顔が見られたなら全力疾走した甲斐もある。

まぁ、みっともない程に息切れしている姿はあまり見られたくないけれど。

「お、おはよう、ございます……！　モーセさん！」

机に突っ伏しそうになるのを堪えて言うと、モーセさんが長い髭《ひげ》をこすりつつ苦笑した。

「ナターリア嬢……えらく疲れておるが大丈夫か？」

「ええ大丈夫です！　いよいよ魔法学の日ですね！」

魔法学が休みにならぬよう、精一杯のやる気を伝える。

しかしモーセさんは私の勢いとは違い、少し戸惑った様子で私を見つめた。

「……少し待て、お主の魔力の検査結果について先に話をしたいんだ」

モーセさんの神妙な表情など初めて見た。私が目を瞬《しばた》くと、モーセさんは他の子達に声をかける。

「ナターリア以外の子らは課外授業だ。外で生き物を観察してきなさい」

「「「やったー！」」」

子供達にとって課外授業なんて遊びも同然だ。

ルウも含めた子供達が全員、我先にと外へと出て行ってしまう。

「……私も行きたいのですが」

「お主は駄目。話があると言っただろう」

一応言ってみたが駄目だった。どうやら、人払いをしたかったらしい。改めてモーセさんを見つめると、彼はごほんと咳払いをして話し始めた。

「さて、お主の魔力の検査結果だが、非常に特異な性質を持っている事が分かった」

「特異な性質ですか？」

「ああ。魔力の形が変質を繰り返している。お主の髪に宿る魔力は、一か月で数度も変質した！」

魔力が……変質？

モーセさんは隠していた興奮を溢れ出させるように語気を強めているが、私自身が魔法学にとことん無知なせいで、彼が興奮している理由がよく分からない。

「それは……凄いことなのですか？」

「当たり前じゃ！　凄いなんて言葉で表せるものか！」

あ……私がちんぷんかんぷんな顔をしていたらモーセさんが黒板に図解を書き始めた。

いくつかの人間の形の周りにそれぞれ、円や三角形、四角形が書かれる。

「本来人に宿る魔力の形は、各々によって定まっている。それぞれ違う形だからこそ人によって扱う魔法に得意不得意が生じる」

「なるほど」

「だがお主の魔力は極めて不定形。いわば流体でどのような形にも変わる。これは理論上あらゆる魔法への対応が可能だともいえる！」

モーセさんは落ち着きをなくした様子で、熱弁を振るい続けている。ただ、当の私がその壮大な話に呆然としていると、モーセさんは少し呼吸を落ち着かせて腕を組んだ。

「しかし長く生きてみるものだ。……またもやこの特異な魔力に出会えるとは」

その言葉に目を見開く。

「また、とは？　前例があるのですか？」

「あぁ……過去に一人の女性だけが君と同じ特異な魔力を持っていた。ティアという女性だ」

話すモーセさんの口調が、少し悲しげになる。それから彼は首を横に振った。

「だが彼女は今も行方不明でな、この特異な魔力の研究は出来ていない」

「行方不明ですか？」

「儂《わし》の教え子なのだが、二十数年前に魔力の特異性が判明したと同時に姿を消したのだ」

「そう、なのですか……」

自分と同じ性質の魔力を持ったティアという女性が失踪しているとは、なんだか不安になる。

項垂《うなだ》れた私を見て、慌てたようにモーセさんが咳ばらいをした。

「しかし、この魔力の特異性を発見した人物はまだ存命だ。話を聞くことはできるかもしれんぞ」

そう言って、モーセさんは思い出すように考えた後、「もう研究者としては引退しているようだが……」と前置きしてから告げた。

「フォンドという人物だ」

「え……」

それは私の父の名前だ。予想もしていないところから現れたその名に驚きを隠せない。

私の出自や事情は隠しているため、モーセさんは私の父親だとは知らないはずだ。

しかし、まずい流れに冷や汗を流す。

「彼なら君の魔力について何か知っているだろうが……」

「い……いえ！　もう研究を止めている方なら、呼んでも仕方ありませんよ！」

「確かに、それもそうか。それに連絡先も知らぬから呼ぶ方法もなかったな」

慌ててモーセさんに言い募ると、あっさりと頷かれた。ほっとする。

突然父を呼ばれる心配はなさそうだ。

……しかし私にそのような変な魔力がある事を、この魔力を発見したという父が知らなかったなんてことがあるだろうか。シャイラと違って魔法を使うのを禁止されていた事に何か理由があるのかと考えてしまう。

行方不明の女性と父の過去について知って、違和感が生まれてくるのだ。

しかしそれらの繋がりについて、今は考えたって答えは出ない。私はほんのりと浮かんだ恐れをかき消すように、大きな声でモーセさんに言った。

「モーセさん、難しい話は置いておいて、この魔力とやらを試してみませんか？」

「あぁ！　儂《わし》も正直言えば……研究者として早く魔法を使ってほしくてうずうずしておった」

「では……」

「うむ！　ゆくぞ！　早速魔法実習じゃ！」

この時ばかりは、私とモーセさんの思考が一致した。

互いに好奇心をみなぎらせ、外に出る。モーセさんがスキップしている姿なんて初めて見た。

二人で揃って学び舎《や》を出て行くと、子供達が集まってくる。

そして私はモーセさんに導かれるまま、近くの農園へとやってきた。

「ナターリア嬢、ここで魔法演習を始めるぞ」

「ナーちゃん、魔法つかうのー？」

「すごーい。みたーい!!」

子供達が嬉しそうにしている。ただ、場所は農園とはいえただ広い土地が広がるばかりだ。

最近は肌寒い風が吹いており、わずかに生えた作物も枯れかけているように見える。

私が地面をじっと見ていると、モーセさんが農園の乾いた土を手にとった。

パラパラと、彼の手から砂がこぼれていく。

「今年は雨が降らず、農作物は不作の危機でな。水魔法の練習ついでに水やりをしてやろう」

なるほど、だから練習にこの場所を選んだのか。

ならばさっそく……

「魔法の使い方自体は本で学んだのだろう？　目を閉じ、集中して、引き起こしたい事象を強く念じるのじゃ。気楽にやってみぃ」

「はい!!」

「子供達は、儂《わし》の後ろにおれ。ナターリア嬢の魔法が始まるぞ」

「「ナーちゃん！　がんばれー！」」

モーセさんの周囲に子供達が集まり、ルウも含めて皆が興味津々に視線を向けてくる。

皆の視線があると少し緊張するな……と思いつつ、目を閉じ、集中を高めていく。

『農産物が、たくさん実るような……』

教本通りに魔力を指先に込めてそう念じる。

集中だ、集中して魔力の流れを意識して水を呼べば……

「すごーい！！！」

「ナーちゃんがやったのー!?」

あ、あれ……まだ集中している最中なのに皆の歓声が聞こえる？

「ナ、ナターリア嬢!!　すぐ魔力を止めるんだ！」

「えっ!?」

同時に肩を叩かれて目を開けけば、異様な光景が広がっていた。

「な……に、これ」

広がる風景は、先程とは別の場所かと見間違う程に変貌していた。

先ほどまで土しかなかった場所に、沢山の植物が青々とした葉を風に揺らしている。

さらに、この季節には出来ないはずの作物まで実っている。

「モーセさん。これは？　私はなにを？」

「儂《わし》にも分からん。ただナターリア嬢……魔法学の歴史上、こんな魔法は実在せんぞ」

農園いっぱいに実った作物に、驚きつつも喜ぶ子供達の歓声。

有り得ぬ光景に目を奪われた私とモーセさんは、呆然と立ち尽くした。

モーセさんは歩き回りつつ、作物を調べてぽつりとつぶやく。

「儂《わし》が侮《あなど》っておったようだ。嬢の魔力は変質する。それゆえに行使する魔力の性質に制限がない。儂《わし》らの常識など通じぬ新たな魔法が生まれるのかもしれん……」

「つ、つまり簡単に言うと？」

「嬢の魔力は、魔法を自由に作れるのかもしれん」

モーセさんの言葉は私の理解を超えていた。魔法を使うというのは、例えば私が旅行鞄を動かしたように、起こしたい事象を具体的に考えることでモノをその通りに働かせる行為だ。

形がなくて、かつ身近に触れる事の多い水ならば想像がしやすいから、練習によくつかわれる。

しかし私が、水を呼び出す前に曖昧に思い描いた『農作物がたくさん実る』という想像だけでこの景色が生み出されたとしたら……

困惑する中で、モーセさんは冷静に実った作物などの研究を始めてしまった。

どうやら魔法で実った作物は全て、しっかり成熟した野菜のようだ。

いつの間にかルウが季節に似合わぬトマトを持って一口かじり、「ナーちゃん、これおいしいよ」と言っている。モーセさんはそれらの作物をじっくり確認して、ぽつりと告げる。

「とりあえず、これは『豊穣の魔力』と名称を付け、調べる他あるまい」

「豊穣の魔力、ですか」

「魔法が豊かに実るように作れる事から、儂《わし》が名付けた」

魔法が作れるなんて、現実離れしすぎて実感が湧かない。

どんな魔法でも作れるという『豊穣の魔力』など、私の手に余るものだ。

「一体、どこまで可能だ。魔力についての研究をもっと進めねば……文献を漁《あさ》って――」

「あ、あの……モーセさん！」

「な、なんだ？　何が聞きたい？」

研究者としての血が騒ぐ様子でモーセさんが目をぎらつかせる。その様子に、野菜に夢中だった子供達も驚いたように一歩下がった。

私は慌てて、両手を広げて、落ち着いてというように上下に手を動かした。

「まだ授業の時間です！　調べるのは後でにして、いつも通り授業をしていただけませんか？」

「お、お主……こんな重大な発見を置いて、授業だと⁉」

「ルウ、今日は算術の授業、楽しみにしてたもんね？」

「うん！　お使いできるようになりたいから。おしえてほしいの！」

二人してモーセさんを見つめると、彼は私とルウの言葉にハッとした後、深いため息と共に頷いてくれた。

「……確かに、儂《わし》がこの学び舎《や》にやってきた本懐を忘れる所だったな。今は未来の子供らのための授業が先じゃ」

どこか呆れながらも、モーセさんは嬉しそうに笑った。

「儂《わし》の探求心を置いて授業をさせるのだ、今日は徹底的に教えるぞ」

「お願いします！」

「ルウも、うけてたーつ！」

その後、子供達を学び舎《や》に集めていつも通りに授業が始まった。

ほっとしつつ私も教室に戻り、授業を受ける。とはいえ終礼後、モーセさんはすぐに魔力研究の為に、作物を手にして部屋にこもってしまった。

待っていても仕方ない、結果は後日聞くとして今日はルウと帰ろう。

「ナーちゃん、おててつないでかえろ」

「いいよ、ルウ」

「やた！」

「それにしても、今日は色々とあって疲れたね……」

「でもルウね、かけ算できたよ。えらい？」

「えらすぎる！」

そんなやり取りをしながら学び舎《や》を出ると、少し進んだところでルウの足が止まった。

どうしたのかと見上げると、校舎の外にあの人が居た。

「あ……」

今朝会った辺境伯のリカルド様だ。

彼は私をもの言いたげに見つめており、その視線に気付いたルウが私の背に隠れる。

おそらく、今朝の話の続きだろう。私は振り向いてしゃがむと、ルウと視線を合わせた。

「ごめんね、ルウ。少し話をしてきてもいい？」

「うん。だいじょぶだよ……でもね、ルウとおててつないでて」

「分かった、絶対に離さないからね」

ルウを一度教室に戻した方がいいかとも思ったけれど、ルウはぎゅっと私の手を握って放さない。

その手は少し震えている。今離れるとさらに不安を与えてしまうだろう。

兄弟だと言っていたが、リカルド様はどうして弟を遠ざけているの？

そんな疑問と共にリカルド様の前に立てば、彼は無表情のまま呟いた。

「学びは終わったのだろう、行くぞ」

「あ、あの私を呼び出す理由はなんでしょうか」

「必要だからだ。屋敷までついてこい」

なんとも簡素な理由だ。実際に屋敷へ向かうまで、教えてくれない気だろう。

さっき彼が退いてくれたことを思い出して、私はふと言葉を重ねてみた。

「なら、帰ってはダメですか？　今日はルウと遊びたいので」

「その際は、また迎えにくる」

……ふむ。怒りはしない。でも、諦める様子もない。これは冗談で言っている訳じゃなく、本気でついていくまで何度だって私のところに来る気だろう。

相手は辺境伯様だ。常識的な選択肢としてはついていくしかあるまい。

それに怯えているルウが気がかりでもある。

考えたくもないが、彼がルウに対して怖がらせるような事をしているのかもしれない。

それなら絶対に許せないし、止めねばならないだろう。

「……分かりました、行きましょう」

承諾すると、リカルド様が無言で頷き、歩き出した。

ルウの手を握りながら彼の大きな背についていくと、大きな屋敷に辿り着いた。

他の貴族家と違って広大な庭先を兵士達の訓練所としているようだ。

なんとも実用的な土地の活用方法だ……

「リカルド様。お帰りなさいませ」

無言のリカルド様に子鴨のようについていけば、彼を使用人が出迎えた。

「客だ、客室に案内しろ。それとルウに菓子でも与えておけ」

「か、かしこりました。ただちに……」

使用人は忠実に動いているが、リカルド様に萎縮しているようにも見えた。

彼はニコリともしないので確かに怖い。それに、分かってはいたが、ルウは本当に辺境伯家の子息、リカルド様の弟なのだ。

仰々しく使用人達がルウの鞄などを持ってあげている様子に、それを実感する。

「ルウ様、おやつのお時間にいたしましょうか」

「でも……ナーちゃんが……」

うるうるとした目で言われて、慌ててしゃがんでルウの頭を撫でた。

「ルウ、すぐに戻ってくるから待っていてくれる？　後で沢山遊ぼうね」

「っ!!　うん」

私の言葉に、ルウは嬉しそうに笑って使用人達とその場を後にした。

手を振ってそれを見送る。そのすぐあとに、静かな声が私の名を呼んだ。

「ナターリア様ですね。私はこの屋敷の家令を務めるジェイクです。わざわざお越しいただいた事。

そして……ルウ様のご学友となってくださった事、重ねて感謝しております」

ジェイクと名乗る家令は、三十歳に差し掛かったほどの男性だった。

彼は落ち着いた笑みを浮かべながら私へと丁寧な礼をした後、リカルド様を見つめる。

「リカルド様、ナターリア様は私が丁重にお呼びすると申したはずでは？」

「……出会ったから。ついでに連れてきた」

「事情も話さず。馬車もなく、徒歩で来てもらったのですか？　ルウ様もいらっしゃるのに？」

「何か問題が？」

リカルド様は、何が悪いんだとでも言うように首を傾げた。

どうやら彼にとって『丁重にお呼びする』というのが、あの対応であったようだ。ジェイクさんはため息を吐くと、私に振り向いてそっと手を取った。

「ナターリア様。大変失礼しました、客室まで来ていただけますでしょうか」

そう言って、私の手を引いてエスコートしてくれる……まるで王族のような扱いに戸惑う。

客室では私の好みの紅茶を聞いて、わざわざ淹《い》れてくれる。思わぬ厚遇に困惑していると、ジェイクさんが私の隣に立って、その理由を明かしてくれた。

「実はナターリア様をお呼びしたのは辺境伯家からの頼み事があるからです。とはいえ本日は、貴方についてモーセ殿より大きな報告があって、いろいろと混乱中ですが……」

「モーセさんから、私の魔力について聞いたのですか？」

「はい。ですがまずは順序よく。貴方をお呼びした理由からお話ししましょうか」

そう言ったジェイクさんは、一対の手袋を取り出した。兵士さんに私が渡したものだ。

「私共の要望は、貴方が作ったこの手袋の量産です」

「り、理由をお聞きしても？」

モーセさんの話と、私の魔力。そして私の作った手袋……となれば、なんとなく理由は読めていたが、つい聞いてしまう。ジェイクさんは薄く微笑むと、すぐに答えた。

「……これが、国防を覆す程の力を秘めているからですよ。なにせ兵達の能力を著しく向上させる物だと判明したのですから」

そう言ってさらに詳しく説明してくれたが……まぁとんでもない話だった。

この手袋を身につけた者の筋力が飛躍的に上がり、さらに魔法を使えるようになるという。

「ちなみに通常、魔法が使える者を雇おうとすれば、兵士百人分の報酬が必要です」

「ひゃ、百⁉」

「それ程の力を手袋一つで得ることができるのですから驚きですよ……」

ジェイクさんが興奮した様子なのも、ようやく納得できた。

気軽に作っていた手袋にそんな力があるなど信じられない。

「事の経緯を説明すると……この地区での兵士達の戦果が目覚ましく向上しました。理由や経緯を調べた所、この手袋をつけたことがきっかけだと判明したのです」

つまり、私の作った手袋には兵士の皆さんが言っていた通りに、本当に凄い力があったのだ。

ジェイクさんは拳に力を込め、さらに語気を強めた。

「ですから是非とも手袋の増産を願います。貴方の要望を最大限にお聞きし、必要な報酬も――」

「わ、分かりました！　引き受けます。でも授業を受けられる時間は確保させてもらいますから！」

それは譲れない。そんな気持ちで強く言うと、ジェイクさんとリカルド様が目を瞬《しばた》いている。

「い、いえ、領地や金銭も惜しまず譲渡いたしますが――え、授業？」

「はい」

「そ、そんなものが条件でいいのですか？」

「家はありますし、お金だってもらえるものはありがたくいただきます。でも、それより授業を受ける時間の方が大切です。もし条件を受け入れてくださるなら、お引き受けします」

辺境伯領に住む人達や、ルウが安心して暮らせるようになるのなら喜んで手を貸したい。

かといって、自由になる時間を失ってまで働くのは……あの場所を出てきた意味がない。

私からしてみれば、生活費を稼ぐ術として協力できるならこれが最善だった。

「しかし……本当に私の作った手袋にそんな効力があるのですか？　未だに信じられません」

「恐らく、ナターリア様が持つ件《くだん》の魔力が手袋に付与され、効果を発揮しているのかと」

「この手袋に、私の魔力が……」

「こちらも困惑しました。しかし本日、モーセ殿から報告を受けて腑に落ちましたよ」

ジェイクさんの言う通り、私の魔力がこもって手袋に特別な力が宿ったのだろう。

もしそうなら、私の魔力はいつから使われていたのだろうか。

過去にヴィクターにプレゼントした手袋にも、同じような効果があったのだろうか？

そんなことを思っていると、ジェイクさんがふと微笑み、深々と頭を下げた。

「しかし、依頼を受けてくださって安心しました。本当に感謝いたします、ナターリア様」

「そんな、頭を下げなくとも……私は先程の要望を聞いてくれるなら文句はありませんので」

こんなに感謝されるような事をした実感はないので、少し気まずい。

肩を縮めていると、ジェイクさんはいくつかの契約書を取り出し、手袋一つの買い取り額を提示してくれた。

……こ、こんなにもらっていいの？

目が飛び出そうな報酬額におろおろしながら契約書にサインをする。手袋作製の締め切りはない。ただ、できたものをこの金額で買い取るということだけが明記されている。私に有利過ぎて、なんだか申し訳ない……と思ったところで、今まで黙っていたリカルド様が口を開いた。

「感謝する」

彼は謝辞を述べて、無表情のまま頭を下げた。

「…………領民の君に負担をかける事、申し訳なく思っている。許せ」

言葉遣いを正して、再びかけられた言葉に目を見開く。

ルウが怯える理由によからぬ疑いを持っていたからこそ、丁重なお礼に困惑してしまう。

そのまままつい彼を見つめてしまった。

数秒、奇妙な沈黙が流れ、それを遮るようにジェイクさんが丸めた契約書をぽんと叩いた。

「リカルド様、商談も終わりましたし。今日はもうお休みになってください。昨夜の魔物掃討作戦から一睡もしていないでしょう？」

「だが……」

ジェイクさんに促され、何かを躊躇《ためら》う素振りでリカルド様が退室していく。

するとジェイクさんはまた深いお辞儀をしてきた。

「本当に感謝をしております。ナターリア様」

「い、いえいえ。頭を上げてください！　私も生活費を稼ぐためですから」

「いえ。これで……リカルド様も救われましょう。あの方は幼き頃から、辺境伯としてずっと戦かってこられたのです」

「リカルド様が……？」

思わず問いかければ、ジェイクさんは悲しげな目つきで答えた。

「前辺境伯が亡くなる前から、リカルド様は人並外れた剣と魔法の腕をお持ちでした。我らは、そんなリカルド様に頼り切って……あの方に何度も最前線に立ってもらうしかなかった。――この地は、あの方の人生を犠牲にして平和を得ているのです」

リカルド様は辺境伯の身分でありながら常に最前線で戦っているそうだ。

孤軍奮闘、獅子奮迅《ししふんじん》の活躍を見せ、魔物を駆逐するという。

「リカルド様が成人し、前線に立ってから辺境伯領では魔物被害による死者はおりません」

戦いの素人である私でも、この地での戦いで死者を出さない凄さは分かる。

息を呑むと、「ですが」とジェイクさんは言葉を続けた。

「――あの方のお身体には、もう限界が迫っています」

死線をくぐり抜けてきたとはいえ、彼は幾度も死に瀕したという。

打撲、裂傷、骨折、断裂と、挙げればキリがない傷を受けながらも、リカルド様はその傷が治る前に再び立ち上がり、血にまみれながらも戦場に立ち続けているそうだ。

そんな事を続ければ、無事でいられるはずがない。

そう思ったのと同時に、ジェイクさんが私を見上げた。

「今のリカルド様はもう、余命がいくばくもないと医師から診断を受けているのです」

「え……」

「全ては不甲斐ない我らのせいです」

ジェイクさんは、悔しそうに拳を握りしめる。

怖い人だと思っていた彼が背負っていたものの重たさにおののきつつ、疑問が浮かぶ。

「では、そのようなお方がどうしてルウに怖がられているのですか。それにどうしてルウは学び舎《や》でも辺境伯家の子息だと名乗らないのでしょう」

私の問いかけに、ジェイクさんが視線を落とす。

「ルウ様の身分を隠すように指示されたのはリカルド様です。いらぬ重荷を若い頃から背負わせぬように、と」

「ルウを想っているのなら、どうして遠ざけているのですか」

「それは、私共も分かりません」

ルウが幼い頃に両親は亡くなり、年の離れた兄であるリカルド様は若くして辺境伯当主となった。

それから彼は極端にルウと会う機会を避けたという。

「リカルド様の対応にルウ様は傷つき、我らも笑うお姿を見られませんでした」

「え……でも私が知っているルウは……」

「ええ、ナターリア様と出会ってからのルウ様は、本当に笑うことが増えました。他の子らとも話すようになって……」

ルウの明るさが、まさか私と出会って打ち解けてからだなんて……

余計にあの子を守りたい。

そんな考えを抱く私へと、ジェイクさんは言葉を続けた。

「ですから、これからナターリア様が作ってくださる手袋のおかげでリカルド様の負担を減らせるはずなのです。あの方も重荷を下ろせば、きっとルウ様と優しく接してくださるはずです」

ルウを遠ざける思惑は分からないが、リカルド様の生き方はどこか以前の自分と似ていた。

目的も苦労もまるで違うが、身を犠牲にして生きる辛さは共感できる。

「分かりました。手袋の件は最大限、ご協力します」

「改めて辺境伯家を代表して感謝をいたします。ナターリア様」

ジェイクさんの度重なるお礼を聞きながら、私は客室を後にした。

別室にてルウが私を待ってくれていると言われ、ドアを開けた時だ。

「手袋の件、嫌なら断れ」

呟きのような声が聞こえた。部屋の横を見ればリカルド様が腕組みをして立っている。

「練兵が追いついていないのは俺の失態だ。お前が責任を感じる必要はない」

まくった腕からいくつもの傷痕が見えて、先程のジェイクさんの言葉がよぎる。

どれだけ、死線を潜り抜けたのか……

「あ、あの……」

今回の掃討作戦の後にまだ一睡もしていないと言っていたというのに、彼はこの言葉をかけるためにここでずっと待っていたのだろうか。

彼の気遣いに答えるように、私は慌てて首を横に振った。

「私は大丈夫です。辺境伯領の皆さんのお力になれるなら――」

「領民が何も気にせず生きていけるようにするのが俺の責務だ。それはお前も含まれる」

「でも……お身体は限界なのですよね？」

「心配ない」

そう言ってリカルド様はふいと視線を外す。その自己犠牲には多くの人が救われている。

だから、辞めてほしいなんて軽々と言えないだろう。でも……

「生憎ですが、私は誰かの犠牲のもとで生きていくのは嫌なんです」

私の言葉に、リカルド様が視線を上げた。その琥珀《こはく》色の瞳を強く見つめ返す。

「そんな生き方では、私が嫌いな誰か達と一緒になってしまうから。だから手袋を作るのは私がやりたくてやります。気にしないでください」

辺境伯という立場の相手に、言いすぎただろうか。

一瞬どきりとしたが、リカルド様は無表情のまま、視線を落とした。

「……それなら、いい」

そう言ってリカルド様は踵《きびす》を返す。彼の無表情と、冷たい言葉遣いには隠された優しさを感じる。

そして、だからこそ、思わず問いかけてしまった。

「私の心配は必要ありませんから、どうかルウを気遣ってあげてください」

「………それは、お前には関係のない事だ。あいつは俺の傍にいるべきじゃない」

「どうして、ルウをそこまで遠ざけるのですか。あの子は、貴方のことを心配して――」

「黙れ」

私の声を両断し、リカルド様が振り向く。

彼の瞳は、冷たく鋭い瞳で私を見つめていた。

「……直《じき》に死ぬ俺を兄だと慕っても、苦しむのはあいつだ」

その視線の鋭さに一瞬臆《おく》したが、その言葉に思わず顔を上げる。

なにせ、彼の言葉はルウを気遣ったものだからだ。嫌っていた訳ではない。

彼がルウを突き放したのは、ルウを想っての行動だったのだ。でも、それは間違っている。

「ルウのためを想うのなら、その身を大事にしてください」

「お前には関係のない話だ」

「いいえ、関係あります。私はルウの学友ですから。……そうやって遠ざけるのがルウの望む事ですか？　あの子が望むのは貴方の無事のはずです」

つかつかとリカルド様に歩み寄って、彼の腕を掴みあげる。それから私は傷痕だらけの腕の中に目新しい傷を見つけて、彼を睨みつけた。血は止まっているもののまだ色は生々しい。

「新しい傷がありますよ。ちゃんとお医者様に診せました？」

「……支障はない」

支障はないって、かなり痛そうなのにどうしてそんなに平然としているの。

死ぬかもしれないからって、自暴自棄になっているのだろうか。

「化膿すれば一大事です、ちゃんと身体を労わってください」

私の懐に下げた小さな鞄には、いくつかの治療具が入っている。

その中から絆創膏《ばんそうこう》を取り出す。これは他国の商人が開発した物で、魔法により粘着性を付与した布に薬液を塗布し、患部に貼り付ける医療具だ。

長く貼っていても問題なく、傷を早く治してくれる優れものだ。

今ではそれが我が国にも伝わり、子供に多く使う事から可愛らしい柄まで売られている。

子供達が転んだ時のため、こういった物は常に持ち歩いているのだ。

「腕、出してください」

「必要ないと言って――」

「出して、早く」

渋々と腕を出す彼に、簡単にではあるが治療をする。

傷が大きいので少しはみ出してしまうが、今は絆創膏《ばんそうこう》を貼っておこう。

あ……子供用だからウサギ柄の絆創膏《ばんそうこう》だった。

まぁ、今は気にしていられない。はがれないようにぎゅっと貼り付けて、リカルド様を見つめる。

「ルウは今朝も貴方の事を心配しておりました。あの子は貴方の無事を願っているんです。遠ざけられても、冷たくされても」

「っ……」

「あの子のためにも、どうか傷ついた時は無理せずに治療してください」

「俺が医者に頼る姿を見た領民が不安に思うかもしれないだろう」

淡々と言われて、胸がギュッと痛んだ。彼は自分を犠牲にすることに慣れ過ぎている。

私は息を吸い込んで、まっすぐにリカルド様を見つめた。

「……ならせめて、私が出来る限りの治療をしますから」

そう言うと、リカルド様が息を呑んだ。

「お前が治療するだと？」

「はい。今回のような簡単な治療はできます。少なくとも傷を放置するよりはいいはずです」

リカルド様は黙りこむと、ジッとウサギ柄の絆創膏《ばんそうこう》を見つめてから首を横に振った。

「分かった……もういい。行け」

どうしよう、分かったとは言っているが、これは怒っているのだろうか。断られたのだろうか。

ひとまずは了承と受け取っておこう。

「絆創膏《ばんそうこう》の柄についてはそれしかなかったので許してくださいね。それでは！」

頭を下げ、辺境伯邸の廊下を走ってリカルド様から離れていく。

「ひとまず明日から……ウサギ柄以外の絆創膏《ばんそうこう》ぐらいは持っておこうかな」

そんな独り言を呟きながら、私はルウの待つ部屋へと辿り着いた。

「あ！　ナーちゃん、おはなしおわったの？」

ドアを開くと、ルウが明るい声で私の名を呼んだ。満面の笑みで、トテトテと歩き寄ってくる。

「おかしね。ナーちゃんといっしょたべたいから。がまんしてたの」

「ずっと待っててくれていたの？」

「うん。だってナーちゃんといっしょのほうが、おいしいもん」

可愛らしい友人の言葉に、思わず頬に笑みがこぼれる。

私の『豊穣の魔力』で作った手袋は、リカルド様と辺境領の大きな救いとなるはずだ。

この小さな友人の笑顔を守る事にそれが繋がるなら、頑張る理由には十分すぎる。

「じゃあ、いっしょに食べようか。ルウがいっぱい食べてね」

「やた！　ナーちゃんといっしょ。おててつないであっちでたべよ。はんぶんこがいいの」

ルウと手を繋ぎ、案内されるまま辺境伯家の庭園にて二人でお菓子を食べる。

これから少し忙しくなっても、この時間さえあれば大丈夫。そう思ってやる気を入れなおした。

## 彼女が居ない生活・二　シャイラside

『シャイラ。ナターリアから離れずに……いつも一緒に居なさい』

私が唯一、両親から口酸っぱく言われた事はそれだけだった。

特にお父様が私を抱いて、しきりに言っていたのを覚えている。

『ナターリア。お前は誰かに甘える程に幸せになり、相手はもっとお前を大好きになるんだ』

『おとーたま、ほんと？』

『あぁ、父さんがおまじないをかけたんだ。二人がずっと一緒に暮らして幸せになれるようにね。だからずっとナターリアの傍に居るんだ。絶対だよ？』

『うん！　シャイラね、おねーたますきだから。ずっといっしょいる！』

『そうか………シャイラ、本当にすまな――』

あの時、お父様が最後に何を言ったのか、もう思い出せない。

でもお父様が許してくれたから、お姉様にもっと甘えようという想いが強くなった。

だってそうすれば、私のことをもっと好きになってくれるって言ってたもの。

なんて幸せだろう。

私がいっぱいお願いすれば、お姉様は私を好きになってなんでも叶えてくれるんだ。

その言葉通り、お姉様から愛情を一番感じた日は忘れもしない。

六歳の頃、私が風邪を引いた時のことだ。不運にも姉妹揃って二人とも風邪になってしまったが、私はお姉様に看てもらいたかった。

「ごほっ……げほっ……シャイラ、私も風邪で看病はできないの」

「えー！　やだやだ！　なんで一緒にいてくれないの！　シャイラはお姉様に看てもらいたいの！」

「でも、げほっ」

擦り切れた咳と共に、お姉様は血を吐き出して嗚咽《おえつ》した。

ぎょっとして怖かったけれど、でも私だって苦しいの。

傍に居てほしいし、愛してくれるお姉様に看てもらいたいの。

「やだ！　一緒にいて‼　シャイラを看ていてよ！」

「ごめん、私も休ませて。お願いだから。お願い。聞いて」

「なんで！　やだ！　やだ！」

「ナターリア。少し来なさい。妹を大切にしろと言っただろう」

「っ、お父様。でも……」

「いいから、来るんだ」

一部始終を見ていたお父様がお姉様を連れ出し、部屋の外から大きな声と激しい音が聞こえた。

うまく聞こえなかったけれど、お父様がシャイラの気持ちを説明してくれたんだろう。

だって次にお姉様が帰ってくると、何も言わずにちゃんと私の看病をしてくれたんだもん。

「げほっつ……ぐす……う……うぅ。ごほっ‼」

お姉様は赤くなった頬を押さえて涙ぐみながら、私の看病を夜通ししてくれた。

次の日起きたら、気絶するようにお姉様は床で寝ていた。

その姿に、お姉様はどんな時だって私を大好きだから一緒に居てくれるのだと確信できた。

お父様の言った通りに、お姉様は私がお願いするたびに私を好きになってくれたはずだった。


そんなお姉様が居なくなって、一か月が経った。

どうして私を置いていったのだろう。

お姉様だって、私やヴィクターと共に暮らす方が幸せだったはずなのに。

「――シャイラさん、聞いておりますか」

「っ、ご、ごめんなさい」

授業中なのにぼうっとしていたから、先生に怒られちゃった。

お姉様が居なくなってから、色んな事のやる気が出ない。

魔法学だって前は学園で一番だったのに、今は上手く魔法の制御ができないのだ。

「はぁあ」

学園のクラス内でため息を吐く私、だけど気にかけてくれる友人なんていない。

お姉様と違ってお願いしても聞いてくれないし、私が話しかけても何故か無視される。

どう接すればいいのか、お姉様としか過ごしてこなかった私には分からない。

「……お姉様と暮らすの、楽しみにしてたのに。どこに行ったの？」

学園終わりの帰り道、寂しさに耐え切れず、返事もないのにお姉様を呼んでいた時だ。

「シャイラ嬢、少しいいか？」

「ひゃ！」

突然声をかけられて、驚きで声が出る。いつも一人で帰るから、名前を呼ばれるなんて想像もしてなかった。誰が私の名を呼んだのかと振り返った先には……

「え、デイトナ王太子殿下？」

そこに居たのは、同じ学園に通い、ヴィクターが護衛をしているデイトナ王太子殿下だった。

学園内で見た事はあるけれど、実際に話すなど初めてだ。

「急にすまない。話はできるだろうか？」

「は、はい……あの、なにかご用ですか？」

私の事を、学園の帰り道で待ち伏せしていたの？

なんだか怖いけど、王太子殿下が私と話がしたいと言えば断れない。

「実は、君の姉君について教えてほしくてね。確か……名前はナターリアだったか？」

「どうしてお姉様のことを？」

思わず聞き返す。

すると、王太子殿下はうっすらと微笑みを浮かべたまま淡々と言った。

「実は彼女を調べると分かったんだが、貴族令嬢にしては姿を知る者が少なくてね」

「え？」

「学園は数か月で中退。聞けば幼少期から社交界に出ず、屋敷に半ば閉じこもったとか。……まるで君の両親は、姉君を他の人に見てほしくないみたいだね」

……この人、何を言っているの。お父様達の事を悪く言うつもり？

「お姉様のこと、別に隠してた訳じゃ……」

「言葉遣い。いい歳なんだから気を付けるといい」

なんでいきなり注意されなきゃならないの……この人、なんだか苦手。

私の不快感が伝わったのか、デイトナ殿下は取り繕うように柔らかい笑みを浮かべた。

「すまない、気分を害したい訳じゃないんだ。質問の仕方が悪かったね、直接聞こう。君の姉君は魔法を使えただろうか？」

「え？」

どうしてお姉様が魔法を使えるか聞くの？

でも答えない訳にもいかない。私は知っている事をそのまま伝えた。

「お姉様は小さな頃に一度だけ魔法を使いました。でもすぐにお父様が危険だからと言って禁止したの」

「っ!!　やはりフォンドは姉の存在、その魔力までも隠していたのか……」

「な、なんですか。何が聞きたいんですか」

答えを聞いて興奮した様子のデイトナ殿下が気味悪くて、後ずさりしてしまう。

殿下はハッと気を取り直したように笑みを戻して「すまない」と告げた。

「次の質問だ。君はティアという女性を知っているか？」

今度はすぐに首を横に振ることができた。

ティアなんて聞いたこともない名前だ。

「知りません。聞いたこともない」

「そうか、ならいい。ところで近日中に君の姉に会いたいのだが、良い日取りなど知らないか？」

デイトナ殿下がお姉様に会いたいなんて、ますます意味が分からない。

何を考えているか分からない人にお姉様を会わせたくないし、ちょうどいい断り文句があった。

「会えませんよ……お姉様は屋敷をしばらく出て行っているもの」

「は？　ヴィクターのもとに居るのではないのか」

「知りません。でもきっとシャイラ達のもとに帰ってきてくれるので、それを待ってます」

「……そうか。奴は私に、虚偽の報告をしたか」

答えた瞬間、デイトナ殿下は小声で呟いて顔を険しくする。

雰囲気が怖くて、私は足早にその場を去った。


……ちょっと嫌な気持ちになったし、ヴィクターに慰めてもらおう。

ドレスのお話も聞きたかったし！

そう思って、いつも通りに、ヴィクターのもとへと向かう。

しかし彼の屋敷に辿り着けば、耳が痛くなるほどの怒声が聞こえてきた。

「認められるか！　辞めるなど！」

「今月の給金が未払いですので……命令は聞けません」

「なにをっ⁉」

ドアを開くと、ヴィクターが使用人達と言い争っている。

彼は見たこともない冷たい表情で使用人達を睨みつけていた。

「どうする気だ。お前達の再就職先などそう簡単に見つからないぞ」

「お気遣いなく。すでに別の仕事先は見つけております。ヴィクター様は自分の事をご心配されてはいかがですか？」

そう言って、使用人の一人が意地悪く唇をつり上げる。

「な⁉　何を言って」

「最近……噂になっていますよ。旦那様の不倫について」

「旅馬車に乗っていれば、皆が聞く話だとか……街ではその話題が盛んでした」

「お、お前達が流しているのか！　その噂を！」

「いえ、一応今までは守秘義務を守っておりました。でも私も仕事を辞めたので、これからはきちんと伝えます。奥様――ナターリア様に皆様が行ったことを」

そう言い捨てて、使用人は荷物を持ち上げる。

「なにを言っているんだ！　待て、待つんだ！」

ヴィクターが必死に制止の声をあげるが、使用人達は私を押しのけてドアを開き、出て行ってしまった。私は慌ててヴィクターに駆け寄る。

「ヴィクター？　大丈夫？」

「シャイラ、来ていたのか？　今日は来ないはずだろ？」

「うん。でもね。ドレスの件がどうなってるのか聞きたくてね」

私はとびきり可愛らしく笑顔を作って、ヴィクターを見上げる。

私を妻として大事にしてくれているヴィクター。

お姉様同様に愛してくれているから、もう買ってくれているだろうな。早く着たいな……

けれど、ヴィクターは全く笑顔にならず、信じられないものを見るように目を吊り上げた。

「君は、状況を見て判断できないのか？」

「え……どうして怒ってるの？　お願いを聞いてくれているか確かめただけだよ？」

「なんで、こんな時にそんな頼みができる！　今のを聞いていただろう！」

「お姉様はどんな時だって私のお願いを聞いてくれたよ？」

「はっ!?　君は、なにを言って」

「ヴィクターは私を愛していないから、お願いを聞いてくれないの？」

「違う、違うんだ。ただ状況を見て言ってほしいだけだ。今ではないだろ！」

分からないよ。お姉様はいつだって、私のお願いを聞いてくれたもん。

それが愛してくれている証明なんだって思っていたし、お父様だってそう教えてくれた。

でも、目の前のヴィクターは私がおねだりをする事に怒っていた。

どうして怒るの？　お姉様みたいに愛してくれないの？　私……分からないよ。

呆然としていると、ヴィクターがずいっと迫ってきて私の両肩を掴んだ。

「それよりシャイラ。まずい噂が広まっている。君は妊娠を隠すためにコルセットを着けてくれ」

「嫌。なんで貴方との子供を隠さないといけないの？　赤ちゃんも可哀想だよ」

「考えて判断しろ！　今の君と僕は正しい関係じゃないだろ！」

「貴方の妻なのに、喜んだら駄目っていうの？」

「違う、違う！　君はまだ僕の妻じゃない！　あぁ、もう。僕は君の考えが分からないよ。なんで分かってくれない！」

そう言ってヴィクターが頭を掻きむしる。おかしい。最近、ヴィクターともこうして言い合ってしまう。お姉様がいたらきっと、私達の関係は良好になるように計らってくれたはずなのに。

「ナターリアが帰ってこない今、このままじゃ不倫になるんだ。分かるだろ」

「でも、離婚を断ったのはヴィクターだよ？　私は悪くないもの」

「分かっている！　どうして君は……少しも気を遣って話してくれないんだ⁉」

怒鳴られる声に身がすくむ。心臓がバクバクと高鳴って足が震えた。

怒声を浴びたのは生まれて初めて……それが最愛のヴィクターからなんて凄く悲しい。

「ヴィクター、どうして愛してくれないの？」

「そんな場合じゃないと分からないか⁉　ひとまず今は妊娠が分からぬように努力してくれ！」

どうして彼はこんなに怒っているの、シャイラが悪いの？

私、分からないよ。

だって、だって私はお姉様しか知らないもん。

お姉様なら、どんな時でも受け入れて私のお願いを聞いてくれるのに……

助けて、どうすればいいか教えてよ、お姉様。

——帰ってきてよ、お願いだから。

## 第四章　新たな人生でやり遂げたいこと

リカルド様から手袋の増産と買い取りをお願いされた翌朝、私は空の机の上を見つめていた。

引き受けたはいいが……目下の問題は、辺境伯領の兵士全員に行き渡る数はさすがにすぐには作れない事だ。向こうもそこまで期待してはいないだろうけれど……

『今のリカルド様はもう、余命がいくばくもないと医師から診断を受けているのです』

『領民が何も気にせず生きていけるようにするのが俺の責務だ。それはお前も含まれる』

ジェイクさんの言葉、リカルド様の言葉を思い出す。きっとリカルド様は本当に自分が死ぬまで無理をする気だ。それを知った上で、のらりくらりと暮らせるほど薄情ではない。

ヴィクター達のように、誰かの犠牲のもとで幸せを享受する気はないのだから。

今日と明日は学び舎《や》も休み、さっそく少しでも手袋を作ろうと思った時。

ふと、モーセさんが名付けた、自分の魔力について思い出した。

言葉通り、もしも思い通りの魔法が作れるなら……

「よし」

早速、机の上に買ってきた革を広げて、「同じ動作をしてほしい」と念じながら裁断していく。

つまり、魔力に私と同じ作業手順を辿るようにして、複数作業を行ってもらうのだ。

自分の手がハサミを動かすのと同じように、革が切り取られていくように。自分が針と糸を動かせば同じように縫い進められるように……

そう念じながら手を動かすと、驚くことにきちんと革が裁《た》ち切られ、針と糸が宙に浮かぶ。

「わっ!? 本当に動いた」

とはいえ、驚いた瞬間集中が切れたのか、それらはぽとんと机に落ちてしまった。

「ちゃんと集中しないと、難しいわね」

しかし、魔法として実現できている。

きっとこれは……上手くいく！

そのまま試行錯誤を繰り返せば、私の確信通りの結果が机に並んだ。

「でき……た」

手袋一組を作る時間で、五組の手袋を作る事に成功したのだ。

「後はこれでも同じ効能があるか……どうかね」

効果を確かめるため外に出ると、ちょうど哨戒中の兵士に手袋を渡す。

訓練場で急ぎ使ってみてほしいと伝えると、夕方前には知らせが届いた。

魔法で作業を進めた手袋がもたらす効果が、手作りとほぼ同等だったという。

――最高だ、これならきっと――！


そしてさらに翌朝、机の上に置かれた手袋……その数は三十組。

だんだんと魔力の精度が上がるのが楽しくて、睡眠時間を削ってしまったが、一か月で欲しいと言われていた数量を一日で終わらせられた達成感が勝《まさ》る。

……さすがに今日はもう、だらけて過ごしていても許されそう。

そう考えながら、寝台に寝転ぶと元気な声が外から聞こえてきた。

「ナーーちゃん!!　あーそぼ！」

ルウだ。その声を聞いては寝てもいられず、飛び起きて家を出る。

「ルウ、来てくれたの？」

「うん！　ナーちゃんと遊びたいから」

「ふふ、ちょうど私もルウと遊びたかったよ」

「やた！」

子供と遊ぶ歳じゃないだろうと、王都では小言でも言われるだろう。

でも、この辺境伯領はそんな目線もないから気にならない。

「ナーちゃん、おててつなぎたい」

「もちろん！　なにして遊ぶ？」

ルウの小さな手が、今日も私の指を握る。

その可愛らしさと仕事の達成感が相乗して幸せが爆発しそうだった。

「最近ね、あっちでお花いっぱい咲いてるの。みにいこ」

「ルウ、お花好きだったの？」

「ううん、でも……いきたいの」

だめ？　と言われて慌てて首を振る。少し含みのあるルウの言い方に首を傾げながらも、私は言われた通りに花畑へと向かった。ルウは駆け回り、私の苦手な青虫を持って戻ってきたので逃げ回る。

そうやって遊んだ後、日向ぼっこをしていると眠気に襲われた。

手袋を作っていた疲れがここにきて訪れたのか、自然と重い瞼を閉じてしまう。

「――ちゃん、ありがと」

「ん……？」

「おきた？」

いつの間に寝てしまったのか、瞳を開けばルウが私の手首に何かを付けている。

見れば、花々を結んで作られたブレスレットが風に揺られていた。

「うまくできたから、ナーちゃんにあげる」

「いいの？　ルウ」

「うん……この間ね、おにいちゃんと会った時におててにぎってくれたお礼」

「ルウ……」

「ナーちゃんがいっしょでね、はじめてね、おにいちゃんのそばがこわくなかったの。ありがと」

笑って感謝を告げてくれるルウが可愛すぎて……

こんなにいい子が笑顔で暮らせるように、もっと頑張ろうと思えた。

「ルウ、ありがとう。私もルウが居てくれて嬉しい事ばかりだよ」

そう言って頭を撫でると、ルウははにかんで私に抱きついてきた。

「えへへ。ナーちゃんげんきでた？」

「うん、凄く頑張れそう」

「やた！」

こんなに元気をもらえたら、疲れなんて吹っ飛んでしまう。ルウと友達になれて本当に良かった。

学び舎《や》で私に話しかけてくれたこの子に、どれだけ救われているか分からない。

「ありがとね、ルウ」

「う？　うん！」

そうして過ごしているうちに陽が沈み始めてしまった。

そろそろルウは帰らないといけない時間だろう。

「もう夕方だ、帰ろうか。ルウ」

「おててつなぐ！」

ルウと手を繋いで、帰路につく道すがら、ルウが手を振りながら呟いた。

「ルウね。お父さんとお母さんとね、手をつなぐのがすきだったの」

辺境伯家の事情を知った今、ルウが亡くなった両親について語る様子に胸が痛む。

ルウは少し俯きながら言葉を続けた。

「二人が居たらね、まものなんて怖くなかったの。でもね……二人がいなくなってからね。がっこうに向かう道が、いつも怖かったの」

この辺境伯領では危機が訪れない保証なんてない。だからルウの気持ちは痛い程に分かる。

幼い子供にとって、この地で両親から離れる怖さは計り知れないだろう。

「でもね、最近……ナーちゃんがいっしょだから、怖くないの」

「ルウ……」

「それも、ありがとって言いたかったの。来てくれてありがとう。だいすき、ナーちゃん」

そう言って、ぎゅっとルウが私に抱きつく。

その可愛らしい笑みを見せてくれるなら、私だってお礼を言いたいぐらいだ。

家族以上に心許せる友人が出来て、胸に喜びがこみ上げてくる。

「私も、ルウが大好きだよ。私と友達になってくれて、ありがとうね」

「えへへ、うん！」

嬉しそうに笑うルウの手を、私は両手で包み込む……

今日も、もう少しだけ手袋を作るために頑張ってみようかな。

この子のためなら、さらにもう一踏ん張りできる気がしてきた。

◇◇◇

それから数日して、私は完成した手袋を詰めたカゴを持って学び舎《や》に向かう準備をする。

「ナーちゃん！　おてて！」

そしていつも通りに、家に来てくれたルウと手を繋いで学び舎《や》に向かう。

見ると、防壁近くに人だかりがあった。今日も兵士達は防壁外で魔物を退治していたようだ。

「ナーちゃん……あっち、いっしょきてくれる？　おにいちゃんのこと、しんぱいなの」

「もちろんだよ」

大きく頷いて兵士達のもとへ進んでいくと、彼らの声が聞こえてきた。

「たった一人で、リカルド様がグリフォンを討伐だと？」

「あぁ。グリフォンが防壁を越えて馬車を襲った事もある。人間に本気で牙を向けば何十人も犠牲になるような危険な魔物なのだが……、流石《さすが》は閣下だ」

その声に足を止める。

兵士達が話していたグリフォンとは、私でも知っているほどの強力な魔物だ。

獅子の下半身、そして鷲の翼と上半身を持ち空を飛ぶ。その翼で防壁を越え、過去には多くの死者が出したことがあるという。その討伐には、優秀な騎士でも数十人は必要だと聞いたが、それをたった一人で討伐だなんて……

改めてリカルド様が持つ圧倒的な力を知った。皆が頼ってしまうのも無理はない。

でも……

ぎゅっと手袋の入ったカゴを握り締める。

「あ……おにいちゃん……」

ルウが、人込みの中にリカルド様を見つけて、心配そうに見つめた。

私はルウの頭を撫でて彼のもとへと向かった。

「リカルド様！」

兵士達の視線が集まる中、私はリカルド様の前に立つ。

新しい傷と魔物の返り血に身体が染まる中、彼は表情一つ変えずにこちらへ視線を向けた。

「なんだ。まだ手袋の納品日は先だろう。用はないはずだ」

その言葉に、私はカゴの中身を彼に見えるように掲げた。

「依頼されていた手袋を今月の分、いえ、それ以上を納品しにきました」

「…………なに？」

依頼を受けて、まだほんの数日だが、総五十組もの手袋をリカルド様へ見せる。

流石《さすが》の彼も初めて動揺したように視線を揺らした。

「もう、作ったのか？」

「頑張らせてもらいました。私は誰かの犠牲のもとで生きるのは嫌ですから。リカルド様」

そう笑いかけると、リカルド様は無表情のまま黙りこんだ。

しかしその琥珀《こはく》色の瞳に光が宿り、まるで生気が戻っていくようにも見えた。

私は胸を張って、その瞳に微笑みかける。

「これが貴方の助けになるのなら、これからもルウと一緒に届けにきますから。だからこの子を遠ざけないでくださいね」

私の言葉に、リカルド様は私の後ろに隠れていたルウを見つめた。その視線は前に見たものより、ずっと柔らかい。私はまだ少し怯えた様子のルウの背中を、後ろ手にそっと押した。

「ルウ、今日もリカルド様のところに来たのは、言いたい事があるからじゃないの？」

「……ナーちゃん」

私の言葉に、ルウは口をキュッと結んでリカルド様を見つめた。

そして以前と違い、遠ざけるような言葉を言わぬリカルド様に安心したのか……

そっと指を伸ばして、彼の傷付いた腕に触れて問いかけたのだ。

「おにいちゃん……だいじょぶ？」

「っ!!」

リカルド様の目が大きく開いて、顔に初めて驚きが表れる。ルウが、遠ざけられていたのにもかかわらず、ずっと自分を心配していたのが嘘ではないと分かったのだろう。

彼はルウの小さな指を見つめながら、静かに頷いた。

「大丈夫だ」

「よかた……」

リカルド様も弟と接するのは久しぶりなのだろう、互いに接し方に迷っている様子だ。

その時、彼のまくった腕から、以前私が貼ったウサギ柄の絆創膏《ばんそうこう》が見えた。

付けたままにしてくれていたのかと私が思っていると、ルウが指をさす。

「あ……うさぎさんだ！」

「うさぎ……？」

「うん。ナーちゃんが前にもね。ルウが転んだ時に貼ってくれたの」

そう言って、ルウは自分のズボンの裾を上げて膝を見せた。

「おそろい……おにいちゃんといっしょだ」

私が貼ってあげていたウサギ柄の絆創膏《ばんそうこう》を見せあい、二人は瞳を合わせる。

「おにいちゃんも、うさぎさんだね」

「……そうだな。ルウ」

リカルド様は変わらず無表情だが、明るく話すルウを見つめる視線が和《やわ》らいで見える。

お揃いをきっかけに、どこか二人の距離が縮まったように感じるのは気のせいではないはずだ。

ホッとして見ていると、後ろから声がかかった。

「ナターリア様、手袋を数え終えました。感謝いたします」

私とリカルド様が話している最中に、兵士が手袋を数えてくれていたのだ。

そして私の手に金貨袋を渡す。それがあまりにもずっしりと重たく、冷や汗が垂れた。

「こ、こんなに頂いていいのでしょうか？」

「正当な対価ですから、当然ですよ」

困惑する私に答えたのは、リカルド様を出迎えに来ていた家令のジェイクさんだった。

彼は感極まった表情で私へと歩み寄る。

「これだけ早くこの量を……きっと多くの領民が救われます。心から感謝を」

「い、いえいえ」

ジェイクさんや兵士達が感謝を告げてくれるが、皆が想像する苦労はなく、魔法で量産した物なのでむずがゆい。照れくささも手伝って、私は慌ててルウを振り向いた。

「それじゃもう時間もないし……学び舎《や》に行こうか。ルウ」

「うん、ナーちゃん。おてて」

いつも通りに手を繋ぐと、ルウは振り返ってリカルド様を見つめた。

「おにいちゃん、またね」

「……またな」

驚いた事に、リカルド様もわずかな微笑みを浮かべてそう言った。

直《じき》に死ぬのだからルウに愛されないように、という彼の思いを少しは変えられたのだろうか。

そう思った時——彼が突然、口元を押さえた。

「っ!!」

同時に、彼の手の隙間からおびただしい血が溢れる。

私は咄嗟にルウを抱きしめ、血が見えぬようにする。

「リ、リカルド様っ!!」

「辺境伯様!?　すぐに医者を！」

リカルド様は咳と共に再び血を吐き出し、駆け寄る兵士達を手で制した。

「心配ない」

「し、しかし……」

「ルウも、いる。不安を与えるな」

あんなに傷だらけで、血まで吐き出して……

それでもなお、リカルド様はこの場にいるルウを気遣っていたのだ。

「行け、ナターリア」

「で、ですが……」

「心配ないと、言っている。ルウを……安心させてやれ」

皆を守り、傷だらけの身体でリカルド様が漏らすのは、最後まで誰かの心配だけだ。

『今のリカルド様はもう、余命がいくばくもないと医師から診断を受けているのです』

ジェイクさんの言葉を思い出した。もしも、リカルド様がこのまま死んでしまえば——きっと、
領民達の笑顔は消え、不安がぬぐえない日々が訪れてしまう。

その時にルウは、今のように笑ってはくれないだろう。

「ナーちゃん……なにかあったの？　だいじょぶ？」

「大丈夫、大丈夫だよ。ルウ」

幸いなのは、ルウの目に手を当てていたおかげで、吐血を見せずに済んだことだ。ルウを抱きしめたまま、今は不安を与えぬようにその場を去る。私は無力だ、と胸が重たく感じた。リカルド様の苦しみに、私はなにも関与できない。

このままルウの笑顔が消える未来がいずれ来てしまうのを、待つ事しかできないの？

——いや、違う。そんな未来を避ける唯一の方法が、私の持つ『豊穣の魔力』にはあるはずだ。


学び舎《や》に着くと、ルウは椅子に座るモーセさんの膝上に飛び乗った。

手を伸ばして髭を結び始める姿はいつも通りで安心する。

その様子を見つつ、私はモーセさんに耳打ちをした。

モーセさんは驚いた表情になって、私に囁き返す。

「お主の魔力を用いて、人体を回復する魔法が使えないか？　だと？」

「はい」

私の魔力なら人を癒す事もできると思って、聞いてみたのだが。

「うーん……」

モーセさんの反応は、鈍かった。

「やはり、問題がありますか？」

「いや、理論上、お主の魔力で人を癒すことは可能なはずだ。しかし知識なく人体へ魔力を行使するのはリスクが大きいだろう」

どういう意味だろうか。

さらに聞こうとすると、モーセさんは机の引き出しからトマトを取り出した。

「以前、ナターリア嬢が実らせた作物だ。この作物を調べると種や、茎、可食部に本来のトマトと違う点があった。もちろん食べても害はないが」

「それは……つまり」

「魔法で作った作物は本来とは異なる構造で出来ていた。この原因はお主の作物への知識が少ないからだろう」

ようやく、モーセさんの迷いの意味が分かった。

この魔力は確かに私の思い通りにいくが、言い換えればそれ**が**厄介だ、ということだ。

「もう察しがついたようだな。魔法で何かを生み出す際に、『ナターリア嬢の考える』ものが出来るのだ。例えばトマトに毒があると信じていれば、毒トマトができてしまう。構造を知らなければ中身がぐちゃぐちゃにもなるだろう」

「言い換えれば、人体への理解なく癒す魔法を使えば、その身体の構造まで変わってしまうと」

「そうだ」

なんて恐ろしいことだろうか、私は人間の身体の中など詳しく知らない。

そんな状況で魔法を行使したら、リカルド様の身体が歪《いびつ》な形で回復し、彼をさらに苦しめる可能性があるのだ。

「……やはり無理なのでしょうか」

「いや、そのやりたいを実現する力こそ、この学び舎《や》で養うものだ」

そう私に囁き返して、モーセさんは髭を三つ編みにしていたルウを抱き上げると、私を見つめる。

「儂《わし》が、人体について教えよう。お主がそれらを学べば、実現は可能だ」

「モーセさん……いいのですか？」

「学びとは夢を実現させるための糧だ。お主がこの学び舎《や》に来た意味が、一つ見えてきたようだな」

その何気ない言葉に、心が震えた。

私がこの歳で学びたいと思った気持ちに、初めて意味がついた気がして。

誇らしくて、嬉しかった。

「モーセさん、ぜひ教えてください。辺境伯領のため、ルウのためにも成功させます」

「もちろんだ。若人《わこうど》の夢の実現を叶えるために、儂《わし》はここで講師をしているのだから」

リカルド様だけでなく、私の魔法で多くの人を癒す事ができるようになれば、この辺境伯領から不安をなくしてルウ達も笑って過ごせるはずだ。

その日から、私は補習として人体学をモーセさんに教えてもらうことになった。

内臓の種類や機能を覚えるのは難しいが、やりがいがある。熱心に補習に取り組んでいればすっかり夕刻になっていた。

今日はルウには先に帰ってもらったが、きっと寂しい思いをさせてしまっただろう。

一緒に帰れないのは私も寂しいので、明日からは補習の時間を調整しよう……

そう思って学び舎《や》の外に出ると、息が止まるほど驚いた。

なぜかリカルド様が、学び舎《や》の玄関前で立っていたのだ。

「リ、リカルド様、どうしてここに？　お身体は大丈夫なのですか？」

「問題ない。いつもの事だ」

私の問いにリカルド様は軽く首を横に振る。

いつもの事ならそっちの方が問題だろうという私の疑問をよそに、彼は言葉を続けた。

「今朝は心配をかけた」

「え……？」

「もう問題ない」

他の者にもそう伝えて回っていて、最後が私だったのだと伝えられて目を瞠《みは》る。

リカルド様が血を吐いたのを見て、未来への不安が押し寄せた。それはあの光景を見た兵士達や領民の皆も同じだろう。だから彼は傷だらけの身体を隠し、民のために立つのだ。

命を削る行為と知っていても、膝を落とし、弱った姿を見せる事は許されない。

それが……辺境伯という立場なのだろう。

しかし、それではいずれ無理が出る。いや、まさに今日が無理をした結果が出た時なんだ。

「問題ないなどと、気軽に言うのはおやめください。ルウは……きっと、私と会う前から貴方の事を心配していました。あれほど幼い子ですらも、貴方の危うさを分かっています」

「……そう、なのだろうか」

「貴方が防壁外から戻る時、決まっておにいちゃんと呼んでいましたもの」

そう言うと、リカルド様の凪《な》いだ瞳が揺れる。

今まではリカルド様が大丈夫ではないことを分かったうえで、彼に犠牲を負わせる必要があったのかもしれない。でも、今は私の手袋がそれを変える可能性が少し出てきた。

その希望が見えた今、私は彼を見つめ、ぐっと手を握った。

「ルウを不安にさせないためにも、今は一人で抱えずに誰かを頼ってください。私もできる限りの事をします。これからはできる限り支えますから！」

「……っ」

そう言うと、リカルド様は暫く俯いていた。

怒っている訳ではなくて、きっと理解しようとしてくれているのだと感じる。

じっと待っていると、彼は銀色の髪を揺らして頷いた。

「なら、早速……頼る」

「え？」

その言葉と共に、リカルド様は服の袖をまくった。

「前のが剥がれた」

リカルド様が言っているのは、絆創膏《ばんそうこう》の事だろう。確かにウサギ柄の絆創膏《ばんそうこう》がなくなっている。

傷もまだ塞がっていないようだ。

「治療を頼む」

今さっき私もできる限りの事はすると言ったが……素人の治療など意味はないだろうに。

だけど、せっかく頼ってくれたのだから応えたい。

そう思い、持っていた鞄から絆創膏《ばんそうこう》類を取り出す。

とはいえ流石《さすが》にまたウサギ柄の絆創膏《ばんそうこう》など貼れないから、数枚引き抜いた絆創膏《ばんそうこう》の中から、無地の物を選んで取り出す。

「リカルド様、腕を出してください」

「ん」

まくられた腕から見える傷は痛々しく、どれだけ辛いのか想像もできない。

その傷に絆創膏《ばんそうこう》を貼ろうとした時……

「それじゃない」

「え？」

リカルド様は無表情のままなのに、どこか悲しげに見える瞳で呟いた。

そして私が指に挟んだままのウサギ柄の絆創膏《ばんそうこう》を指さした。

「そちらがいい」

「こ、こっちですか？」

「あぁ……おそろい、だからな」

その言葉に、ようやくリカルド様がわざわざ私に治療を求めた理由が分かった。

今朝、ルウと見せ合ったウサギ柄の絆創膏《ばんそうこう》。何気なく二人の治療に使ったそれが、二人を結ぶきっかけとなったんだ。

それならば、とウサギ柄の絆創膏《ばんそうこう》を貼る。

するとしげしげとリカルド様は腕を眺めてから、胸に手を当てて礼をした。

「感謝する」

それから顔を上げたリカルド様を見て、驚きで言葉が出なかった。

なぜなら初めて、彼が私を見て笑っているように見えたからだ。

「また、来る。ナターリア」

「え？」

私の名前を呼んだリカルド様は、微笑みをたたえたままその場を去っていく。

遠ざかっていく彼の背を見ながら放心していると、誰かが校舎の窓からひょっこりと顔を出した。

「辺境伯殿、あんな顔もするのか……」

「っ⁉　モーセさん⁉」

一部始終を見ていたのか、モーセさんは窓から乗り出したまま満足気に頷いている。

「儂《わし》が会った時から傷だらけなのに無表情のままで……心配しておったが。お主と話す辺境伯殿を見るに、色々と変わってきておるようだな？」

モーセさんは意味深な笑みを浮かべ、授業中に子供達にめちゃくちゃに結ばれた髭を撫でる。

「やはり、若人の近くはええのう」

「ど、どういう意味ですか」

「言葉通りじゃよ。それより気を付けて帰るんじゃぞ。ナターリア嬢」

「……分かりました。また明日もお願いします。モーセさん」

モーセさんが変わってきていると言ったのは、ルウとリカルド様についてだろうか。

今は分からなかったが、その日を境に変化を感じる出来事が増えていく事となった。

## 彼女が居ない生活・三　ヴィクター side

母はすぐにナターリアが帰ってくると言っていたが、今も彼女から音沙汰はない。

出て行った使用人は、僕の不倫の噂が広まっているなどと言っていたが、馬鹿馬鹿しい話だ。

噂がこんなわずかな期間に広まるはずもないし、広まったとしてもナターリアが戻ってくればなにも問題はない。

しかし彼女が居ない影響は大きかった。なにせ領主業が滞《とどこお》って、領民から不安の声が高まっている。

王国文官からは連日、書類関係の遅れや税務処理の間違いを指摘されてばかりだ。

彼女に任せていた執務が、これほど苦労するものだったとは……

僕はため息を吐いてから執務室を出ると、何やら着飾っている母さんを呼び止めた。

「母さん、相談があるんだ。少しいいか？」

「ヴィクター、どうしたの。今から夜会に行くのだから身だしなみを整えなさいよ」

「執務が忙しくて。母さんも手を貸してくれないか？」

こんな時でも、母さんは社交に僕を連れ出そうとする。

とてもじゃないがそんな暇はないと吐露すれば、母さんは優しく微笑んだ。

「分かりました。貴方が困っているのなら今夜は欠席と伝えるわ」

「ありがとう、母さん」

「いいのよ。そうだ……今度シャイラさんに執務を協力してもらうように私が提案するわ。あの女のように、妻として夫を支えるのは当然だもの」

それを聞いて目の前が明るくなった。

流石《さすが》は母さん。確かに、シャイラは僕の妻になるのだから執務を行うのは当然だ。

やっぱり母さんの言う通りにすれば問題はない。

だから、まだナターリアが帰ってきていないけれど……きっと大丈夫、すぐに帰ってくる。

不安を拭うように、僕は心に言い聞かせた。


翌日、授業を受ける王太子殿下の護衛として、僕はいつものように教室の扉の前に立った。

昨夜の執務の疲れのせいか眠気が酷く、何度も瞼をこする。

すると、室内から授業の声が聞こえてきた。

仕方ない、眠気覚ましに殿下が受けている授業にでも耳を傾けよう……

そう思って、意識を室内に向けた。

「――我が国の初代王家について学びましょう。かつて荒れ果てた大地であった我が国を、初代国王陛下が魔法により山や川を作り、緑溢れる木々を生み出したと言われています」

聞きながら、思わず顔を顰《しか》める。

馬鹿馬鹿しい、これでは歴史という名のおとぎ話だ。この国には五百年の歴史があるが、時間の流れにつれて初代王家の逸話に装飾が増えて……こんなあり得ぬ話になっているのだろう。

「我が国に魔法を使える者が多いのは、初代王家がもたらした土壌のおかげとも言われており……」

こんな事を学ぶ事に、意味など一切感じない。

歴史などいくらでも書き換えられるし、真実など分からない。無駄な学習だ。

「しかし初代王族には子が出来ませんでした。それから何度か王家が入れ替わり――」

だめだ、興味がなくて眠気の方が強くなってきた。

ウトウトとしていた時、肩を叩かれる。

ハッと顔を上げれば王家騎士団の同僚が、僕を睨みつけていた。

「団長が呼んでる。護衛は俺が代わるから行ってこい。眠気を感じるほどに退屈なんだろ」

「す、すまない」

「殿下の護衛中だぞ。気を抜くな」

注意の言葉に頭を下げ、情けなさを感じつつ学園を出た。

王家騎士団の駐屯地に着くと、待っていたかのように同僚騎士が駆け寄ってきた。

「団長が訓練所で待ってるぞ。どうも久々に剣術試合がしたいだとさ」

「なんでまた急に……」

王太子殿下の護衛になってからは、訓練とは離れる日々が続いていた。

だから団長の呼び出しもそうだが、剣術試合など久々だ。

しかも一時的とはいえ、王太子殿下の護衛の任を解かせてまで試合をしたい理由が分からない。

「だが……命令を無視はできないか。規律違反はできないし」

僕は騎士団倉庫に置いていた荷物から手袋を取り出す。剣を握りやすくするための革手袋を久々に出したが、もうすっかりボロボロだ。……これは結婚当初の、ナターリアからの贈り物だ。

『ヴィクター、貴方の手が少しでも楽になるように作ったの』

恥ずかしそうに、はにかみながら渡してきたナターリアの表情を思い出す。

あの頃は学園を中退した事などと知らなかったから、素直に嬉しかった。

しかし今、思い返せば……

「僕に取り入るため、ナターリアも必死だったのだろうな」

自らが学園を中退という醜聞を知られる前に、必死にアピールしていたのだろう。

その行為に、同情と共に情けなさも感じてしまう。

「やはり君は、貴族家の妻として、母さんの言う通りに不出来だったのだろう」

僕は呟きと共に手袋を見下ろす。ナターリアがまだ帰って来ない理由が少し想像できた気がする。

きっと自らの行いの愚かさに気付いて、引っ込みがつかないのだろう。

今頃は貧しい生活を送っているだろうに、僕達の怒りを恐れて帰ってこられないのだ。

「意地を張らず、早く帰ってくればいいものを。僕らは受け入れてあげるのに」

誰に伝える訳でもなく呟いた言葉。

社交界で話にも出せぬ妻など、みっともないという気持ちは変わらない。

王太子殿下の護衛騎士の妻に、学校を中退した彼女は見合わないと皆があざ笑うだろう。

ただ領主としての仕事振りを知り、ナターリアの苦労を知った今なら許すことは出来る。

早く帰ってくれば許してやるというのに、と思った時、再び肩を叩かれた。

「ヴィクター、なにしてる。団長が待っているぞ。早く来い」

「っ、分かった」

「ん？　その手袋、訓練時はずっとつけてたよな。贈り物か？」

同僚は僕が持っていた手袋を指さして呟いた。

「女からか？　そんなに大事そうに手に持って」

「ち、違う。もう使うつもりはない」

ナターリアの苦労は分かっても、やはり学園を中退した情けない妻がいると知られたくない。

後ろめたい劣等感を隠すためにも贈り物の手袋を倉庫の奥に押しやり、僕は訓練所へ向かった。

◇◇◇

「はぁ……はぁ……」

目を開けば、訓練所の天井が見える。

久々の剣術試合を数度行っただけで、模造剣を持つ手が痺《しび》れて動かなかった。

「ここまで落ちたか……ヴィクター」

騎士団長の冷たい声に、模造剣に打たれて痛む頭を上げる。

久々の剣術試合は、かつて王太子殿下の護衛騎士を争い合った騎士との試合だった。

以前は労せず勝利の味を得られた相手のはずなのに、結果は五戦全敗。

あまりに不甲斐ない結果で、悔しさだけが募る。

「だ、団長。もう一本お願いします。まだ僕は出来ます」

「殿下の護衛の最中にもう一本などない。お前の敗北は殿下の死に繋がるのだぞ」

「っ!!」

「これほど腕が落ちているとは予想外だ。護衛騎士の任について審議させてもらう」

「ま、待ってください！」

護衛騎士という誇りある任務に就けて、僕の人生は変わったんだ。

父を失って、苦労しながら育ててくれた母さんを失望させたくない。

僕は床を這いずるようにして進み、騎士団長の足元で跪《ひざまず》いた。

「どうか、どうかもう少しだけ……僕に機会を」

すると、騎士団長が冷たい視線を僕に向ける。

「本来であれば、その気だった」

「え……？」

「しかしお前は妻がいる身でありながら。不倫をしたのだろう？」

な……まさか使用人が言っていた噂か？

もう、団長にまで届いているなんて、そんな、馬鹿な。

「そんな噂、でたらめです。なにを言っているのか僕には――」

「学園の生徒のシャイラ嬢と親密だと報告を受けたが、これは？」

必死に弁明をしようと思っていた口が、団長の言葉で止まってしまう。

なぜ知っている。シャイラについては同じ騎士団の誰にも言っていないのに。

「これは、王太子殿下のデイトナ様からの報告だ」

「デ、デイトナ殿下が？」

そんな、殿下はこの事実をむしろ隠蔽するために協力してくれていたはずだ。

なのにどうして、今になって団長に報告を？

い、いや……それよりも今は弁明するしかない。

僕は必死に首を横に振った。

「ち、違います。シャイラ嬢は妻の妹で……隠し立てするような事は誓ってしておりません」

「何を言い繕っても騎士団の対応は変わらん。殿下自ら報告があったのだから」

呟いた騎士団長はため息を吐いて、僕を睨みつけた。

「一つ聞きたい事もある……お前の義父であるフォンド子爵も、現在行方不明でデイトナ様が捜索をしている。彼の所在を知っているか？」

「フォンド子爵が行方不明？　それにどうしてデイトナ殿下が彼を捜しているのですか」

「……知らぬなら、お前が気にする必要はない」

言い終えた騎士団長が剣を抜き、僕の首元へと当てた。その瞳は鋭く……怒りが感じ取れる。

「お前は、我が国が、軍事に国費の何割を費やしているか、知っているか」

「え、突然なにを……」

「四割だ。北方の辺境伯領に生息する魔物への脅威に備えて、それだけ国費がつぎ込まれている。これでも現辺境伯が犠牲を最小限にしているから、まだそれだけで済んでいる」

なんの話を。今は関係ないと思った僕の考えを、続く団長の言葉が否定した。

「我らも同様だ。民の安全を約束するために、四割もの血税の上で、こうして剣を任されている」

「……」

「そして王太子殿下はお前に期待を寄せていた。若くして領主としても目覚ましい成果を上げるお前となら、未来の王政では魔物対策への協議ができるとな」

呟いた団長は、僕の耳元に顔を寄せて言葉を続けた。

「だが民の血税の上に立ち、王太子殿下に期待されながら……お前は虚偽の報告をした。妻と離婚したと嘘を吐いたのは、殿下の経歴を汚す行為だ」

その言葉に、団長は全てを知っているのだと気付いて顔を上げる。

視線の先に立つ団長の顔には、諦めと失望が混ざった表情が張り付いていた。

「さきほど噂と言ったか？　その程度ではない。我々はすでに調べを進めている。お前が職務中に不貞行為をしてシャイラ嬢を妊娠させたなら、それは推薦した王太子殿下と騎士団への侮辱となる」

「あ……ちが」

「シャイラ嬢への調査結果が出れば、お前は爵位剝奪では済まぬ。それがデイトナ様のご意思だ」

「そんな、僕はただ!!」

必死に弁明の言葉を吐こうとしても、出てこなかった。

シャイラの妊娠は調査が始まればすぐに分かってしまうはずだ。

今の僕は八方塞がりであり、ここで嘘を積み重ねても罪を重くするのみ。

自らの保身のために、言い訳ばかり吐いていた僕に逃げ場はもうない。

まずい、まずいといくら思っても、もう言い訳できる状況ではなかった。

# 第五章　手放せぬ幸せ

リカルド様やルウのために人体について学び始めて一週間が経った。

生活は大きく変わっていないが、一つだけ変わってきたものがある。

「ナーちゃん！」

明るい声が私の名を呼んだ。家にいた私はいつものように荷物を持って外に出る。

「おはよう、ルウ」

「おはよ。おててつなご」

ギュッと小さな手が私の指を包み込む。それと一緒にルウは琥珀《こはく》色の目を輝かせて私を見上げた。

「ナーちゃん、あのね……昨日もね、おにいちゃんとお話できたよ」

「そうなの！　どんなお話をしたの？」

「あのね、うさぎさんのばんそうこうについて」

――変わったのはこれだ。このところ、リカルド様は彼なりにルウと話そうとしているようだ。

日に日に話す機会が増えている様子の二人を微笑ましく思う。嬉しい気持ちで足を進めていると、ルウが立ち止まって、私を見つめた。

「それでね、ナーちゃんにおねがいがあって……うさぎさんのやつ。はがれちゃったの」

「え？　絆創膏《ばんそうこう》がはがれたの？」

「ナーちゃんにもらったから、大事にしようとおもってたのに……ごめ、ごめんなさい」

大粒の涙を拭って、私に謝るルウの頭を撫でる。

そういえば、子供の頃は些細な事でも、重大な事をしてしまったと怖くなった時がある。

ルウにとってそれが、今なのかもしれない。

「大丈夫だよ、ルウ」

「ぐす……おにいちゃんと、おそろいだったから。うれしかったのに」

「またウサギ柄の絆創膏《ばんそうこう》を貼ってあげるよ、いっぱいあるからね」

「……いい、の？」

「もちろん！　ルウのために買ったようなものだもの。だから大丈夫、泣かないで笑って」

言った途端、ルウは私に抱きつき、そして上目遣いと涙で潤んだ瞳を向けた。

「あいがとう……ナーちゃん」

「どういたしまして」

「だいすき」

「ふふ、私もだよ」

むしろ怪我が増えたのでなくてよかった。そう思いつつ、涙を拭ってあげる。

少し遅れてルウと共に学び舎《や》に着けば、モーセさんはすでに教卓についていた。

「おはようさん、仲よし二人組」

「おはようございます。モーセさん」

「モーセおじちゃん、おはよ！」

「ルウ坊……目が赤く腫《は》れておるが、まーた泣いたのか」

「むぅ」

恥ずかしそうに俯いたルウを、モーセさんが抱き上げて膝上に座らせる。それから綺麗なハンカチを出すと、魔法で濡らしてからルウの目元を拭う。

「他の子らが来る前に、ちゃんと冷やしておくのだぞ」

「あいがと、モーセおじちゃん」

その手慣れた仕草に、モーセさんが講師である理由がよく分かった。

この人は本当に子供達が好きで、大切に想っているのだろう。

じん、と胸が温まるのを感じると、モーセさんの視線が私に向いた。

「ところでナターリア嬢。宿題はできているか？」

「はい！　もちろんです」

人体学についての補習、その宿題として出されていた問題集をモーセさんに見せる。モーセさんは私の解答や図を見てから、うんうんと頷いてくれた。

「よくできとる。元から頭が良いのだろう、素晴らしい学習速度だ」

「モーセさんの教え方が上手いからですよ」

そんな話をしていた時、ふとモーセさんの机の上に見慣れぬ本があるのが見えた。

『初代王家の歴史』という題名だ。今日の授業に歴史はあったかな、と思いつつモーセさんに聞く。

「その本は？」

「これは歴史書だ。初代王家は魔法で山や川を作ったらしいと書かれている。今までは神話のようなものだと思っておったが、お主の魔法を見ると、おとぎ話ではないのやもしれんと思ってな」

山や川とは、えらく壮大な話で想像もできない。

だけど確かに、普通の魔法では行使できないはずの魔法を使ったという点は、『豊穣の魔力』と似ているのかも？

私が頷くと、モーセさんは歴史書を大事そうに机にしまった。

その後はいつも通りに授業を受け、私は学校に残って放課後に人体学の補習を受ける。

今日はルウが待ってくれているはずだ。

そう思って補習後に学び舎《や》の外に出ると、リカルド様がルウと共に立っていた。

少し前なら驚いただろうけど、今はそうでもない。私は微笑んで彼に向かって頭を下げた。

「リカルド様、今日もいらしてくれたのですね」

「あのね、おにいちゃんがね。ナーちゃん待つ間ね、いっしょにおはなししてくれたの」

リカルド様は無言だが、ルウが嬉しそうにそう話してくれる。その表情には以前のような怯えはない。すぐに私と手を繋いでリカルド様を見上げるところからして、完璧な仲直りとまでは至っていないようだけれど。それでも、着実に兄弟としての仲は修復できていそうだ。

そんな状況に、思わず私も嬉しくなってしまう。

「ふふ、リカルド様。ルウのことを気にかけてくれているんですね」

そう言うと、じっとルウに見上げられたリカルド様の耳がわずかに赤く染まる。

「そう、かもな」

この頃、リカルド様も学び舎《や》に来る事が増えていた。

ほとんどは新しい傷に、またウサギ柄の絆創膏《ばんそうこう》を貼ってほしいという要望だ。

その度、無表情なのに嬉しそうな雰囲気を漂わせるのが少し可愛くて、私も彼が来るのを楽しみにしているありさまだ。

いつもなら、それで少し話してからルウと私を見送るのだが、今日は違った。

「ナターリア。ジェイクが、君に報告があると言っていた。いつでもいいので屋敷に来てほしい」

どうやら今日は、屋敷への呼び出しの伝言があったようだ。

琥珀《こはく》色の目をまっすぐに向けられて、私はしっかりと頷き返す。

「分かりました。また明日に向かいますね」

「ん」

その後、暫しの沈黙が流れる。私はルウを抱きあげてから、リカルド様に頭を下げた。

「それじゃ、私達は帰りますね。リカルド様」

「っ……その」

「？　どうしました」

「いや、なんでもない」

どうしたというのだろうか。

リカルド様の考えが読めないでいると、ルウが口を開いた。

「おにいちゃんね。ナーちゃんともお話しにきたっていってたよ」

「え？　ルウ。どういうこと」

「あのね、あのね。話したいけど、なにを話せばいいか分からないって、さっきいってたの。ルウにおしえてって」

ルウの無邪気な声が響くと同時に、リカルド様は無言のまま踵《きびす》を返し始めた。

それも、凄い速度で。

「ちょ、ちょっと待ってくださいリカルド様、私とも話しにきてくれたのですか？」

「……」

「言ってくだされば、時間はありますよ」

「なにを話せばいいか、分からない」

リカルド様は目線を逸らす。無表情なのに耳が赤い。こんな反応は珍しくて、思わず目を瞬《しばたた》かせる。

「ふふ、なんでもいいですよ。私は」

「考えておく。だから、また来る。絶対」

「はい。待ってますからね」

「また」

リカルド様の考えは掴めないが、彼なりに何かに興味を抱いてくれているようだ。

それがなにか、まだ分からないけれど……

去っていく彼の背を見送っていると、ルウがそっと手を伸ばした。

「おにいちゃん、まって」

ルウの声に、帰ろうとしていたリカルド様が足を止める。

彼が振り向いたのを見ると、ルウはポケットからある物を取り出した。

「ナーちゃんにね、ルウがもらったの……おにいちゃんにもあげる」

「これは」

ルウが渡すのは、今朝私がルウに渡したウサギ柄の絆創膏《ばんそうこう》だ。

それをルウはリカルド様の手の甲に貼り、嬉しそうに微笑んだ。

「また……おそろいしよ。おにいちゃんといっしょがいいの」

リカルド様が傷もない手の甲に貼られた絆創膏《ばんそうこう》を見下ろすのを見て、ルウは言葉を続けた。

「ナーちゃんもいっしょだよ。ルウのだいすきな皆と、おそろいがいいの」

そう言われて、私はルウを抱いている角度を少し変え、手の甲が見えるようにする。

実は、授業を受けた後にルウは私にも手の甲に絆創膏《ばんそうこう》を貼ってくれていた。

「ルウ……ありがとう。ナターリアも」

そう言って微笑んだリカルド様の姿は、今までで一番お兄ちゃんらしかった。

それをルウも感じ取っていたのか、彼が去った後に嬉しそうに笑顔で私に抱きつく。

「あのね、ナーちゃんが来てくれたからね、おにいちゃんといっぱいお話しできたよ」

「ルウ……良かったね。私も安心したよ」

「えへへ。ルウね、ナーちゃんがだいすきだよ。ほんとだよ」

ルウからのお礼を受け取りながら、今日も平穏な日々に大満足だ。

手に入れた幸せ過ぎる日々に……ヴィクター達のもとを離れて良かったと心から思えた。

◇◇◇

翌日、リカルド様に言われた通り辺境伯邸を訪れる。ジェイクさんから報告があると聞いていたからだ。話のついでに、応接室へ案内された私は机の上にある物を置く。

「ジェイクさん、お話の前に今回の納品分を渡しておきますね」

「ま、また作ってきてくれたのですか。それもこんなに⁉」

革手袋の増産分だ。魔法に慣れ、生産速度も上がって沢山作れたから手間はかかっていない。

全然大丈夫ですよ、と微笑むとジェイクさんが勢いよく頭を下げた。

「本当に感謝します。ナターリア様！」

「大丈夫です。私も対価をもらっていますから。それで報告とは？」

私の問いに、ジェイクさんはいくつかの書類を机の上に置き始めた。

「驚いた事にですね。作っていただいた手袋に、さらに能力があると分かったのです」

話を切り出したジェイクさんは、とても熱のこもった説明をしてくれた。

どうやらこの手袋を使い続けた場合、使用期間に応じて効果が増幅するというのだ。

だから最初に渡していた手袋などは、他の手袋よりも大きな力を持っているらしい。

「これは素晴らしい事ですよ‼　もはや僕の理解が追いつかずに、混乱しています」

「そんな能力まであるのですか……」

「ええ、モーセさんの調査によれば手袋に込められたナターリア様の魔力は、完全に分離したわけではなく。今も繋がって成長しているようなんです」

私の魔力と製作物は常に繋がっていて、完全に分断された訳ではない。

ゆえに手袋を使い続ければ、繋がった魔力は成長して効果も増加していく……ということだ。

この『豊穣の魔力』とは、万能すぎて恐ろしい。

皆さんが楽になればいいのに、という祈りがそんなふうに形を成すなんて……

驚いていると、ジェイクさんは目をきらめかせて両手をギュッと握りしめた。

「ナターリア様のおかげで、魔物への対応策に活路が見えてきました。このままならリカルド様だけに頼らずとも、この地の……いえ、この国の平和を維持できます！」

その言葉に目を瞬《しばた》かせる。ちょうどよかった。

「なら、良かったです。ようやくリカルド様も戦い以外に興味を持ってくれたようですから」

「え？　それは本当ですか？」

「はい。先日はルウとお揃いのウサギ柄の絆創膏《ばんそうこう》を貼って、一緒に話していたんですよ」

世間話程度のつもりでそう言う。するとジェイクさんからの反応がない。不思議に思って視線を上げると、彼は目を見開き、驚愕した表情で固まっていた。

「な、なな……リカルド様が？　本当に？　ルウ様とお話を？」

目は輝き、嬉しさを隠しきれていないけれど、信じられない、という驚きの方が強いみたいだ。

……これまでのリカルド様は、本当に戦い以外に興味すら示さなかったようだ。

だからジェイクさんは、彼の変化を驚きつつも、とても嬉しそうに頬に笑みを刻んだ。

何度もお礼を言われながら、部屋を退出する。

今日はルウと一緒に私の家で遊ぶ予定なので、すぐに帰ろうと思いつつ辺境伯邸の廊下を歩いていると、私の袖を誰かが引いた。

「ナターリア」

振り返れば、リカルド様だった。思わず目を瞬《しばたた》かせる。

「リカルド様、どうしました？」

困惑する私をジッと見つめながら、リカルド様が呟いた。

「今日も、ルウと一緒か？」

「はい、外で待ってくれているので、一緒に私の家で宿題をする予定です」

「なら…………後で」

「ん？」

「後で、君の家に向かいたい」

「え、ど……どうして？」

「ルウを迎えにいく。いや、ちがう。……君に、会い……」

珍しくリカルド様がしどろもどろになっている。私は首を傾げた。

「なにか、用件があっていらっしゃるのですよね？　できればご用件を言っていただけると……」

「っ……君とも、話したい。駄目か？」

さっきまでとは違い、驚くほど大きな声で言われてびっくりした。

同時に笑みがこぼれた。彼のことが分かった今、断る理由なんてない。

「分かりました。それでは私の家でルウと待っていますね」

「あぁ、……ありがとう」

最近分かったことがある。

リカルド様は王都ではその鮮血に染まる戦いぶりに、畏怖の噂が立っていた。

しかし実際は無口気味の大人しいクマみたい、というか実は親しみやすい部分が多い。

私を待つ間はルウを見ていたり、ウサギ柄の絆創膏《ばんそうこう》を貼っても何も言わなかったり。

王都で冷血や怖いなどと噂されているが、もう私はそう思えなかった。

「じゃあ、またあとで来てくださいね」

「あぁ。……すぐ行く」

リカルド様に別れを告げて、外に用意してもらった馬車に乗り込む。

「ナーちゃん、お話終わったの？」

馬車にはすでにルウが待ってくれており、嬉しそうに私の隣に座った。

今日はルウと宿題をして、リカルド様が来たら三人でお茶でもしよう。

そんな楽しみな気持ちと共に、馬車に走ってもらった。


私の家の近くで馬車を下り、野原をルウと手を繋いで歩く。

「今日は～、ナーちゃんとしゅくだいだ～」

陽気な声で鼻歌を歌い、ステップするように歩くルウが微笑ましい。

しかし、あと少しで到着という所で……私の足が止まってしまう。

「ナーちゃん？」

「なんで……」

ルウの可愛らしい声に答えられない、足が動かない。

だって家の傍に、最も会いたくもない人物が居たからだ。

「ナターリア……久しぶりだな」

私の父――フォンド子爵。

彼は私の家をじっくりと見つめた後、こちらへと視線を向けた。

震えそうになる足を押さえ、私は父を見つめる。

「……どうして、ここに？」

「つまらぬ事を聞くな、お前の魔力を辿ってきた。私は引退したとはいえ魔法学者なのだから、それぐらいの事はできる。さて……お前の事は調べたぞ。馬鹿な事をしているな、あれほど魔法を使うなと言っていたはずというのに。私が来た用件は分かっているだろう？」

私を連れ戻すつもりだ、とすぐに分かり、私はルウの背を押した。

「ごめんルウ、馬車に戻って」

「え？　ナーちゃん？　どうしたの？」

困惑したようにルウが私の服の裾を持つ。

お願い、お願いだから。ルウには手を出さないで。

どうかこの子を巻き込まないで、そう願う気持ちも虚《むな》しく、父はルウを見て唇を吊り上げた。

「辺境伯家の子息なのだろう？　護衛らしき兵士達には眠ってもらった」

「お父様、帰ってください」

「そうはいかない。その魔力を知られぬためにも私はお前を連れ戻す。言う事を聞かないなら……」

そう言って父が伸ばした手の先に、魔力が込められたのが分かる。風が巻き起こり、足元の花が散る。そして父は、私ではなくそれを無邪気で無垢な、最も人質にしやすい子供へと向けた。

「その子に傷をつけたくないなら、私の言う事を聞け、ナターリア」

「え？　ナ、ナーちゃん……」

ルウが怯えている。優しくて無垢な子が私の手を握って震えている。

それを見て、よぎったのは父への恭順ではなく、自分でも驚くほどの怒りだった。

……この子はこんな事に巻き込まれるべきじゃない！

私はルウを庇うように前に出て、まっすぐに父を睨みつけた。

「戻れません。私はもう、誰かのために人生を犠牲にしたくない。それにルウにも手出しなんてさせない、私はもう二度と……貴方の言う通りになんてならない！」

もう、冷静な判断など出来なかった。

生じた怒りがそのまま、一つの魔法となる。

ルウに手を出すなという想いが、自然と魔力に乗って実現していくのが分かった。

「っ!!　ま！　やめろっ!!」

気付いた父が必死に叫ぶが、もう私の魔力は止まらなかった。

地面が大きく盛り上がって、父を遠くへと弾き飛ばす。

「う、うわあああああああああ！！！」

地面の隆起により吹き飛ぶ父の叫び声と同時に、しゃがみこんでルウを抱きしめる。

「ごめんね、ルウ。怖かったよね。ごめんね」

「ナ、ナーちゃん。ナーちゃん！」

ルウが、こんなに震えている。向けられた悪意がそれだけ怖かったのかもしれない。

「ごめんね、ルウ……」

胸の中に抱いたルウに謝る。それでもまだ、父への怒りは消えないままだ。

渦巻く魔力が抑えられないほどに、身体に熱がこもっていた。

「想定外だ、ここまで魔法を扱えるほどに取り戻しているとは」

父は苦悶の表情を浮かべながらも立ち上がり、私を睨みつける。

咄嗟に防御魔法を使ったのだろうか、先程の衝撃を受けてもまだ起き上がるなんて。

「確かにシャイラに移したはずだ。なぜ取り戻して……いや、今はもういい」

父はふらつきながら立ち上がり、再び手をこちらに向ける。

その手に、先程とは比べものにならない大きな魔力が集まっていくのを感じた。

でも大丈夫だ、私も父と同様に防御の魔法を行使すれば――

「ナターリア、私はもう手段を選べない。たとえここで子供とお前に怪我をさせても連れ帰るしかないんだ。聞き分けのない自分を猛省しろ！」

父の手に今までにない膨大な魔力を感じ、冷や汗が額を伝う。

駄目だ、父が行った防御魔法を実践したこともないのに、ここでそれに賭ける事などできない。

失敗すれば、ルウが巻き込まれてしまう。

傍に居るルウを確実に守るにはどうすればいいの、なにか手が……

「ナーちゃん、ナーちゃん……」

私の手を引いた不安そうなルウを見て、私は自分自身の頬を叩いた。

「っ!!　ルウ、大丈夫だよ、私がなんとかするから」

しっかりしろ、私！　私には『豊穣の魔力』という固定概念を覆すほどの魔力があるじゃないか。

やり方は無限だ。この魔力にたった一つの願いを込めて集中すればいい。

この状況を変える大きな一手がなにかないか……考えるんだ。

思考を巡らせた先、脳裏に浮かんだのはたった一人だった。

「ナターリア！　私は何があっても……お前を連れ戻さねばならんのだ！」

父の叫び声が響き、彼の手に収束した魔力が大きな炎に変化する。

圧倒的な危機の中で、私は彼の存在を望んだ。

「お願い……来て」

結局自分も彼に頼ってしまうことが悔しい。でも、今は——

懇願するように魔力を集中させると、自分の身体から何かがごっそり抜けていく気配がした。

その感覚と同時に、ルウが泣きそうな顔で私を見ていた。

「ナ、ナーちゃん……ナーちゃん」

「ルウ？」

「血、血が……鼻血。ナーちゃん、だいじょぶ？」

「っ……だい、じょうぶだよ」

鼻に手を当てると、ジトリと暖かい感覚がして、手先に真っ赤な血が付着した。

以前モーセさんに聞いた事がある、これは魔力を使い過ぎた際の副作用だ。

私の狙いは失敗したのか？　でもこれだけ魔力を使ったという事は……

そう思った瞬間、目の前で光が炸裂《さくれつ》した。

眩《まばゆ》い光と同時に誰かが私の肩を引いて、抱き寄せた。

「ナターリア。もういい、魔力を鎮めろ」

「つ……良かった……リカルド様、来て、くださったのですね」

琥珀《こはく》色の瞳が私とルウを映している。

これこそ私が実行した魔法で、父という脅威から身を守るための手段だった。

リカルド様をこの場に呼び出す魔法、つまり転移魔法を実行したのだ。

「もう心配ない。ルウと一緒にいろ」

リカルド様が心配ないと言うと、心から安心してしまう。ふらりと体が傾ぎ、地面に座り込む。

すでにリカルド様は、私達に魔力を向けていた父を睨みつけていた。

領民が彼を頼ってしまう理由が、今は心からよく分かる。

……こんなに頼れる言葉と背中は、他にないからだ。

「なぜ急に辺境伯が⁉　まさかナターリア、お前が⁉」

「黙れ。今は……加減できそうにない」

リカルド様が呟いた間際の、本当に一瞬だった。

彼の周りに雷光が瞬いたと同時に、もう姿は消えていた。

気付けば彼の固い拳が父の顔面にぶちあたり、父を地面に叩きつけていたのだ。

「ぐうっ⁉」

その一発で勝敗は決した、なにせ父にはもう言葉を発する意識はなくなったのだから。

リカルド様はたった一秒で、魔法の扱いに長《た》ける父を昏倒させていた。

それを見届けて、私は隣のルウをぎゅっと抱き寄せた。

「ナーちゃん！　もう……こわくない？」

「ルウ。大丈夫だよ。もう、安全だから」

ごめんね、とかすかな声で言う。けれど抱き寄せたルウの心臓は、心配になる程に早鐘を打っていた。過呼吸気味に息も荒く、身体は震え続けている。

すぐにルウを安心させないと。そう迷っていると、優しい声がした。

「ルウ坊、これを見てみい」

顔を上げると、私とルウの周りに土人形で出来た犬や猫がたくさん現れて踊りだしていた。

メルヘンな光景に目を瞠《みは》る。見回すと、モーセさんが私を見て微笑んでいた。

ルウは私の裾から手を放して、その光景に目を見開く。

「わんわんと……にゃんこ……だ」

「そうじゃ、ルウ坊を守ってくれるわんわんとにゃんこ達じゃよ」

モーセさんは、こんな状況でも変わらず温和な笑みを浮かべ、魔法で生み出した土人形を操る。

「わんわんとにゃんこが、今日はルウ坊を屋敷まで送ってくれるそうじゃよ？」

「わんわん達が？」

「そう。ほら、大きいわんわんじゃ。のってみい」

ルウの怯えが少し和《やわ》らいだのか、大きな土人形の犬に手を伸ばす。

それをモーセさんが抱っこして、乗せてあげる。犬にぎゅっと抱きついたルウの姿には、先ほどまでの恐慌は見られなかった。

ほっとすると、モーセさんが私に近づいて囁きかけてくる。

「ナターリア嬢も無事か？　大きな魔力を感じて年甲斐もなく走って正解じゃったよ」

「モーセさん……」

「あれは……フォンドか？　こんな愚かな行為をする者ではなかったはずだが……いや、今は事情を聞いている暇はないな」

モーセさんは首を傾げた後、犬に乗ったルウの頭を撫でながら私へと微笑んだ。

「とりあえず一旦、ルウ坊は儂《わし》に任せよ。嬢も心を落ち着かせてから来なさい」

「ナーちゃんは、いっしょ？」

「後で必ず来るよ、ルウ坊」

モーセさんがそう言うと、ルウは泣き痕の残る顔を拭って大きく頷いた。

「うん……ナーちゃん、あとでね。ルウ、ずっとまってるから」

「ルウ、私もすぐに行くから。待っていて」

そして、一人残った私の傍に、リカルド様がさくさくと草を踏みつつ近付いてきた。

「無事か？」

「は、はい。リカルド様」

慌てて立ち上がり、昏倒した父のもとへ近寄る。父は気絶……いや、それ以上に打撲で鼻がひしゃげている。リカルド様は自分の上着を裂き、起きても動けぬように父の両腕を拘束していた。

「リカルド様……ありがとござ——」

彼の指先が、私の涙を拭ってくれる。そしてハンカチまで取り出し、鼻血を拭ってくれた。

「すみません。安心したら、急に涙が……」

「気にするな、そういうものだ。事情は後で話してくれたらいい、だから今は――」

情けなく、先程の出来事でバクバクと高鳴る心臓。

驚きと安心が一気に訪れた事で泣いてしまう私に、リカルド様は寄り添ってくれた。

「落ち着け、ナターリア」

私の名を呼んでくれる彼にもたれかかると、だんだん涙も収まってきた。

辺境伯である彼に寄りかかってしまったことにようやく気づき、慌てて身体を離す。

「ありがとう、ございます。もう涙は収まりました」

「……無理はするな。いつでも頼れ」

心配してくれていたのだろう。

無表情のままだけど、その瞳は私を気遣ってくれて優しかった。

「あの男については後で事情を聞く。付近の兵士もどうやら眠らされていたようだ」

「分かりました。急に転移魔法なんて使って、申し訳ありません」

「いい。ちょうど、渡せる」

そう言って、リカルド様が取り出したのは菓子の入った袋だった。

そっと私の手に乗せてくれる。

「ルウと食べろ」

私が好きなイチゴのジャムが載せられたクッキーだ。

ルウにしかお菓子の好みなんて話した事がないのに。

「これ、私のためにですか？」

「別に、余り物だ」

聞くと、リカルド様はふいっとそっぽを向いてしまう。

だけどその気持ちがありがたくて、お菓子袋を胸に抱いて頭を下げた。

「後で必ず事情をお話しします。ですが、今はルウに大丈夫だと伝えにいきますね」

「あぁ」

私の過去の因縁のせいで、色んな人に迷惑をかけてしまった。

そのことが心苦しい。もしかしたらここを離れなければいけないのかもとすら思う。

「ナターリア。……お前が頼ってくれたこと、嬉しく思う。いつでも呼べ」

でもリカルド様は、私にそう言ってくれた。

こんなに優しい気持ちを向けられることが嬉しくて、溢れる笑みでお礼を告げる。

「ありがとうございます。リカルド様」

「ん」

父がこのような凶行に出た理由も、話していた内容も気になる。

けど今は、ルウを安心させたい。

私も不安な顔を見せず、リカルド様のように『大丈夫』と言って安心させたい。

そう思い、目覚めた護衛の人の馬車に乗せてもらい、ルウの待っている辺境伯邸へと向かう。

辿り着けば、ジェイクさんや使用人さんが心配そうに迎えてくれた。

「ナターリア様、大丈夫でしたか⁉　モーセさんから大変だったと聞きましたが」

「申し訳ありません。私のせいでルウに怖い思いをさせてしまいました……」

「いえ、むしろ我らも護衛兵士が魔法で眠らされるなど……警戒が不十分でした。ルウ様とナターリア様に不安を与えてしまい申し訳ありません」

ジェイクさんはすぐにモーセさんとルウの待つ部屋へと案内してくれた。

不安を与えぬためか、多くの使用人が集まるリビングに二人は座っていた。

ルウが、私を見た瞬間に駆け寄ってくる。

「ナーちゃん‼」

「ルウ！」

私に抱きつくルウの目元が赤い、あれからもやっぱり泣いていたんだ。

当然だ、まだこんなに幼い少年が悪意を向けられた。そして大人が争い合う光景が、どれだけ怖かったか……私達には計り知れない。

「ナーちゃん！　ナーちゃん……こわかった、こわかったよ」

「ごめんね……ルウ。ごめん、怖かったね」

泣き出すルウは私の手をギュッと握って、まだ不安そうな表情を浮かべている。

こんな時は……リカルド様に倣《なら》って言葉をかける。私はしゃがんでルウと視線を合わせ、できるだけゆっくりはっきりと言葉を発した。

「ルウ、もう大丈夫だよ」

「ナーちゃん。ほんと？」

「うん。さっきの悪い人はね、リカルド様がやっつけちゃったの」

「……もう、怖くない？」

「心配ないよ。ぜーんぶ終わったの」

明るく笑えば、不安そうだったルウの表情が和《やわ》らぐ。

そして、私の頬にその小さな手を当てた。

「ナーちゃんは、だいじょぶ？」

「っ」

「もう、どこもいたくない？」

あれほど怖い目にあったのに、私の事を心配してくれるルウに胸がぎゅっと痛くなる。私は思わず込み上げる涙を隠すように、ルウを抱きしめた。

「私は大丈夫だよ。ルウのおかげで元気がでたから」

「ナーちゃん、ルウのとこ来てくれて……ありがと」

ようやくルウの声がいつも通りになった。安堵したと同時にモーセさんが私達の頭を撫でた。

「さてと、儂《わし》はそろそろお暇《いとま》するかの。ルウ坊もナターリア嬢も安心したようじゃ」

「モーセさん、本当にありがとうございました。あの時来てくれなければどうなっていたか」

「ふはは、教え子を助けられたのなら良かったよ。事情は落ち着いたら、また話してくれ」

モーセさんに幾度も感謝を伝え、微笑みながら屋敷を後にする姿を見送る。

外は暗くなっていた。流石《さすが》に私も出て行こうとした時――

「ナーちゃん」

「っ……ルウ？」

外を見ていた私の服の袖を、ルウが摘まんでちょいちょいと引いてきた。

「あのね、あのね。ちょっとしゃがんで」

「どうしたの？」

「ぎゅうって、するの」

私がしゃがんだ途端、ルウの小さな身体が抱きしめてくれる。

小さな手が、私の頭を撫でてくれた。

「ナーちゃん。ルウをまもってくれてね、ありがと。だいすきだよ」

「……私もだよ、ルウ」

「こんどはね、ルウは泣かないよ。ナーちゃんがこわくても、ルウがまもるもん」

なんて、強くて優しい子だろう。

私のためを想っての言動が、撫でてくれる小さな手が愛しかった。

「また明日ね、ナーちゃん。ずっとずっとね、だいすきだよ」

今日は父のせいで、幸せな日々が崩された。でもリカルド様の力強さと、モーセさんの優しさ、そしてなによりもルウの言葉で、今の心は幸せで満たされている。

「ルウ。また明日ね」

「うん！」

ルウの不安を晴らすために来たのに、私がすっかり元気にしてもらったな。

本当にこの辺境伯領の皆には感謝しかない。

だからこそ、この平和を崩したあの人を許す事ができそうになかった。

◇◇◇

「ナーちゃん！　おはよう！」

「ルウ、おはよう」

翌朝、いつも通りに私の家の前で待っていたルウに安堵する。

とはいえ流石《さすが》にルウの後ろには数人の兵士がいるのが私でも分かった。他にも遠巻きに数多くの護衛が見える。でもルウは、昨日と変わらない笑顔で私の手を握ってくれていた。

「ねぇルウ。今日は、抱っこしていこうか？」

「いいの!?　ルウ、だっこしてほしいの！」

ぴょんぴょんと飛び跳ねるルウを抱き上げると、とても嬉しそうだ。

「やた！　やた！　ナーちゃんのだっこだ」

「ふふ、落ちないようにつかまっててね」

「えへへ、うん。うれしい」

ルウに不安を与えないように、いつも以上に笑って過ごそう。

そう思って学び舎《や》に向かえば、モーセさんも同じ気持ちだったようで。

私達に特段気を遣う様子はなく、いつもより少しふざけて楽しい授業をしてくれた。

そして、ルウと夕刻までたっぷり遊んでお別れした後、残った私は、モーセさんと共に拘束された父のもとへ向かった。

辺境伯領の収容所まで馬車で向かう。

着くと、リカルド様が兵士達に護られた建物の前で待っていた。

「もう、落ち着いたか？」

馬車から降りると、リカルド様はすぐに私を気遣ってくれた。頷くと、父の現状を教えてくれる。

あれから父は黙秘を貫き、なにも喋っていないらしい。

「ナターリア。君の事情だけは聞いた。あの男が父親なのだろう」

「はい、でも全て説明する前に、父に理由を話してもらいます」

父がここまでの愚行を犯した理由、それを明らかにするために私は来たのだから。

「無理をしてないか？」

「父が私の平和を崩した瞬間から、残っていた情も消えています」

大丈夫、私はもう覚悟を決めている。

私の答えを聞いて、リカルド様は兵士達に収容所を開門させる。石造りの階段を降りて行くと、地下牢の中で床に転がされた父が、呻きながら私を見上げた。

「ナターリア……」

その姿に対しては恐怖も、肉親への情もない。私は息を吸い込んで、父と視線を合わせた。

「お父様、この鉄格子を挟んでなら……初めてゆっくり話せそうですね」

「き、聞け。すぐに屋敷に帰ろう。まだ間に合う」

「どうしてそこまでして私を連れ戻そうとするの？　これだけ大勢に迷惑をかけて……」

私の言葉に、父は拳を握りながら叫んだ。

「お前が出て行ったせいで、今までの計画が全て台無しになったからだ！」

血相を変えた父は、怒りを滲ませた声を上げ続ける。

「今の状況で私がお前を連れ戻す理由を話せば、我が子爵家だけでなく、クロエル伯爵家まで破滅する！　家族をそんな状況に追い込んでどうす——」

計画、破滅。その言葉に、最後のひとかけらだけ残っていたはずの父への心配は消え失せた。

期待していたわけではないけど、私の心配ではなく、私を除く家族しか考えぬ父に情などない。

「……どうでもいい。そんなの」

「は？」

呆然とする父へ、怒りを込めて言葉を続ける。

「私はもう、貴方達がどうなろうと知った事じゃないの！」

「ナターリア……家族は大切にすべきだと、いつも言っていただろう！」

「家族だった私を大切にしなかった貴方が言いますか？」

「っ……」

初めて父の視線が下を向き、罪悪感に苛まれているかのような素振りを見せる。

彼は腕に力を込めて起き上がると、必死の形相で私を見つめた。

「ナターリア、頼む。聞いてくれ、私は家族のために」

「その家族に私が含まれていないなら、言う事を聞く義理なんてない！」

出て行った日から私の考えは変わらない。

その想いを込めた言葉に、父は沈黙を貫いた後に小さく呟いた。

「お前について、知られる訳にはいかないんだ」

「知られる訳にはいかないとは？　誰にですか？」

「お前の魔力を皆が知れば、我が家は破滅だ。その存在は秘匿すべきなんだ」

私の魔力について、なにを知っているの？

父であるフォンド――過去に『豊穣の魔力』を見つけた研究者である彼へと、その疑問が溢れた。

「ナターリアの持つ魔力について、知っているのなら話せ」

疑問を投げたのは、リカルド様だった。

鋭い瞳で父を睨みつけている姿に背筋が凍る。父もその威圧感には逆らえなかったようだ。

何度か口を開け閉めしてから、俯き、悔しそうな表情を浮かべた。

「ナターリア、お前の魔力は特殊だ」

「……ええ、分かってます」

「その魔力をシャイラに移す予定だった。あの子を我が家の才女とするためだ」

「どうしてですか」

「それが私の研究でもあったからだ」

父の話は長かった。

曰く、父は私とシャイラに魔法を施し、時間をかけて私の魔力をシャイラに移していたという。

シャイラが幼少期に体調を崩しがちだったのも、魔力移動の副作用のせいだ。

この魔力移動が可能となったのは、私の魔力の性質が大きい。この魔力が私の考えに基づく魔法を実現する特性を利用していたのだ。

昔からシャイラの世話をしろと言い聞かせることで、私に『妹のためならばなんでもする』という想いを植え付け、魔力移動を実現させるよう補助させていた。

「成功すればシャイラは才女として輝き、私の魔力に関する研究は飛躍的に進む。しかし、そのためにお前を実験に使った事実を知られる訳にはいかなかった」

父は語るにつれて饒舌になり、最後には爛々とした目で私を見上げる。

「だからナターリア。家族のためにも、実験していた事実を他に知られる訳にはいかない。分かってくれ。今まで育てた恩はあるはずだろう！」

「ふ……ふふ」

――それに思わず噴き出すと、父は激昂した。

「なにを笑っている！　家族に迷惑がかかると、なぜ分からな――」

「笑ってしまいますよ。だって嘘をついていますよね」

私の言葉に、父は目を大きく見開いて息まいていた口を閉じた。

「な、なにを言って」

「魔力移動というのは本当かもしれません、過去の体調や言動とも一致します。でも貴方の動機には疑問があります」

私は父を睨みつける。父は何も言わないままだ。

「研究者なら、まず私の特異な魔力を研究するはずです。なのに貴方はわざわざシャイラに移す手間をかけた。そんなリスクをとる理由が分かりません」

シャイラは確かに魔力を多く保有していたが、特異な魔法は使えていない。

この魔力が持っている特異性を失う時点で、魔力を移す意味はないに等しい。

だから父が語ったもっともらしい理由には、嘘が含まれているに違いない。

「……貴方が隠したかったのは、私達を実験に使った事実ではなく。この魔力そのものでは？」

「っ!!」

開かれた瞳孔と急激に荒くなった呼吸、反応を見る限り当たっていそうだ。

私はぐっと父を睨みつけた。

「隠さずに、この魔力について答えてください」

「――無理だ。これだけは言えない！　絶対に！」

「答えろ」

刹那、リカルド様は目にも見えぬ速さで鞘《さや》を払い、正確に檻の中に剣先を通した。鋭い鋼が父の首元をかすめ、うっすらと血が流れる。後ずさろうとした父を、リカルド様は視線だけで止めた。

「黙秘は許可しない。次は刺す」

父の視線はその剣から離れず、手先を震わせた。

「ぐっ……や!!　やめっ!!」

「言え。俺はもう、止められそうにない」

「い、いっ――やめ」

「ナタ－リアは見るな」

再度リカルド様が手を動かそうとした瞬間、私の目元がリカルド様の背で覆われて見えなくなる。

その暗闇の中で、父の絶叫が響いた。

「うっ……うぐ……」

「最後だ。言わなければ、今度は止めない」

「これだけは、絶対に言えない。言えないんだ！」

そんな壮絶なやり取りの中、おっとりした声が響いた。

「フォンドよ。お前は一体なにを隠している」

共に付いて来てくれて、先程から黙っていたモーセさんが口を開いたのだ。

「のう、フォンド。お前はこんな愚かな行為を犯す男ではなかっただろう」

「なっ、モーセ……………さん!?」

父はモーセさんに視線を向けると、驚いた表情を浮かべた。

二人の関係性を知らぬまま困惑する私達を置いて、モーセさんは言葉を続けていく。

「儂《わし》に教えてくれんか？　かつて学生だったお主に魔力研究を教えた恩を感じてくれるのなら」

「貴方には恩を感じています。でも言えない。これだけは言えません！」

「ならこれは儂《わし》の推測だ。——お前の動機には、行方不明になったティアが関わっているのか？」

その名は確か、以前にモーセさんが私と同じ魔力を持つと教えてくれた女性だ。

父の眉根が明らかに動く。しかし父は、静かに首を横に振った。

「いいえ。違います。なぜ、そんな知らない女性の名前を？」

その言葉に、ふむ、と言ってモーセさんはまた父を見つめた。

「実は昔の伝手を調べてな、お前の研究員時代の頃を聞いた。……かつてお前は、ティアに婚約を申し込んでいたと」

今度こそ父の目が大きく見開き、呆然とモーセさんを見つめた。

その反応は、明らかにモーセさんの話が嘘ではないと裏付けていた。

「そこまで、知っているのですか」

「儂《わし》は気になった事は解明せねば済まない性分でな。分かっているだろう？」

「……貴方のそういった所だけは、昔から嫌いでしたよ」

「ほほ。褒め言葉じゃよ」

私と同じ魔力を持つと聞いていたティアという女性と、父の動機に繋がりがあるの？

疑問だらけの私を、モーセさんは見つめた。

「フォンドは本気で口を割らぬ気じゃろうな。たとえ死んでもな」

「なら、文字通りに口を割らせるだけだ」

リカルド様が呟き、血に塗《まみ》れた剣先を揺らす。

その行為に父が怯えて身を引くが、モーセさんは首を横に振った。

「脅しても嘘を吐いて逃れるだけだ。だからこそ、こやつを揺さぶる情報を調べよう」

呟いたモーセさんは、私の肩をトンッと叩いた。

そして、ほがらかに笑う。

「顔、強張っとるぞ。荒事は儂《わし》らに任せて、上に戻りなさい。なんなら馬車で辺境伯邸に戻り、いつも通りルウと遊んでおれ」

「モーセ、さん」

「その方が、リカルド様も安心するはずじゃろ？　のう？」

「っ、すまない。こんなものを見せて……」

人を脅している光景に慣れなくて、知らないうちに私の顔が強張っていたのだろう。

リカルド様は我に返った様子で剣を鞘《さや》に納めて、そっと私の傍へと歩み寄った。

「ナターリア。出よう。ここは君に合わない」

「は、はい」

リカルド様は私の手を繋ぎ、そのまま外に連れていってくれる。

その手は温かくて、モーセさんの言葉通りにルウの待つ世界に引き戻される感覚だった。

「リカルド様……」

「あの男を見つめていた時の君の様子は、尋常ではなかった。何をされていたのかは……さっきの会話で予想が付く。もう、そんな扱いはさせない」

リカルド様は優しい言葉をかけてくれる。心ごと守られているような錯覚に陥り、慌ててぐっとお腹に力を籠める。ここまでしてくれた彼らに、ただ恩を感じているだけじゃだめだ。

「――リカルド様。私についても、話をさせてください」

ずっと事情を隠したまま、迷惑だけをかけ続ける訳にはいかない。

だから……全ての事情を明かすことにした。

「私は現在、離婚するために出奔中なんです」

夫――ヴィクターとの日々、妹達家族により奪われていた人生。

最後に不倫されて、逃げ出した過去まで全てを語った。

話を聞くリカルド様の表情が変わる。彼が怒ってくれているのを、私は確かに感じた。

「辺境伯領に来た理由はこういった事情です。ですから、父が私を連れ戻しに来ただけ、というのも事実です。隠していて申し訳ありません」

私は頭を下げようとしたが、それをリカルド様が止めた。

「謝るな。ようやく俺達を頼ってくれたな」

その優しい言葉に、目頭が熱くなってしまう。

後ろからついて来ていたモーセさんまで、ニコリと笑って背中を優しく叩いてくれた。

「よう話してくれたのう。辛かっただろう？　そんなの逃げて正解じゃよ。儂《わし》なら着の身着のまま逃げ出すほどの辛いものだ」

「……モーセさん」

「ふはは、むしろ儂《わし》と違い、ちゃんと逃げる計画を立てるとは流石《さすが》じゃのう」

その明るい反応に心が安堵する。

辺境伯領に厄介事を持ち込むなと責められる覚悟も、出て行く決意もあった。

でも彼らは皆、いつも通りに私を受け入れてくれるのだ。

「ナターリア嬢のためにも、フォンドの件は儂《わし》も調べを続けよう」

「ありがとうございます。モーセさんのお力があれば心強いです」

「良い良い！　お主の魔力を解明するのにも繋がるという算段もある。だからお主はいつも通りに過ごすといい。儂《わし》はそっちの方が安心じゃよ」

モーセさんはそう言って、リカルド様へ視線を向けた。

「リカルド様、兵士を数人お借りしても良いだろうか？　奴の過去を詳しく調べたい」

「あぁ、頼む」

モーセさんは兵士達にいくつかの指示を飛ばし、自らも調べ物があるからと来た時とは違う馬車で去っていく。

私も出て行くべきだと思ったが、リカルド様は握った手を離してくれなかった。

「あ、あの……リカルド様」

「辛かったか？」

「え？」

「過去のことだ」

「……そう、ですね。もう戻りたくないほどです」

答えた瞬間、私の手を握る力が少し強くなるのを感じた。

リカルド様は無表情のままだけど、私を琥珀《こはく》色の瞳に映して口を開いた。

「なら――」

リカルド様が何かを言いかけた瞬間だった。

誰かが馬に乗って、こちらにやってくる。土煙が立ち、彼の言葉が止まる。

「リカルド様、ここにおられたのですね」

馬に乗ってやってきたのは、家令のジェイクさんだった。

「防壁外の魔物が活発化しており、調査が必要だと兵士達から報告がありました」

「すぐに向かう」

「申し訳ありません。ナターリア様からいただいた手袋を含め、精鋭兵団が近日中に整います。あと少しだけ、そのお力に頼らせてください」

「気にするな」

リカルド様の手が離れて、温かかった手に冷気がかかって少し寂しかった。

そんな時、私は思い出した。

「あ、あの……以前のお菓子！　これからルウと食べますから！」

まだ鞄の中に入れっぱなしだ。どうして今こんなことを言ったのだろう、と自分でも不思議になる。

「え？　お菓子とは？」

私の言葉にジェイクさんがキョトンとして、当のリカルド様は黙ったまま俯いた。

「あ……まさか、リカルド様が王都からわざわざ取り寄せた菓子でしょうか？」

「え？　余り物だと聞いていたのですが」

「いや、いきなり言われて私も驚いたのです。普段なにも言わぬのに、珍しく所望されたので」

言っている途中で、ジェイクさんは何かに気付いたように口を閉じる。

リカルド様が彼の肩を叩いたからだ。

「ジェイク、次の仕事に向かえ」

「あ、話しちゃ……駄目でしたか？」

「別に」

慌てて去っていくジェイクさんを見送りながら、リカルド様は黙ったままだ。

私は慌ててリカルド様の背に声をかけた。

「リカルド様」

「……」

「こっち、見てください」

袖を引けば、彼は視線を逸らす。

素直じゃないのは、照れ隠しのせいだろうか。

「ありがとうございます。私のために、あのお菓子を用意してくださって」

「………ん」

「でも、どうしてそこまで？」

なぜ、こんな質問をしてしまったのか分からない。

きっと、リカルド様の答えが気になったからだろう。

そんな私の好奇心に、彼はすんなりと答えた。

「分からない」

「……え？」

「だが俺がそうしたかった。会うための理由が欲しかった」

「会うためですか？」

「もっと話したい。ナターリアと」

「わ、私と？」

「ほんとは、もっと会えたら、嬉しい。ルウと一緒のように……駄目か？」

じっと見つめて頼まれて、駄目だなんて言えるはずなかった。

「駄目じゃないです。いつだって待ってます。だから今日も無事に帰ってきてくださいね」

「ん」

いつものような短い返答だけど、彼が頬に笑みを乗せる。

こんな表情を向けられるなんて思わなくて、自然と鼓動が高鳴った。

「君はいつも通りに過ごせ。そっちの方が……嬉しい」

疑問と混乱で慌てる私を置いて、リカルド様は防壁外へと向かってしまう。

後に残るのは、嬉しいという感情のみだった。

それは彼の考えが、少しだけ分かってきたからかもしれない。


その後、私はルウに会うために辺境伯邸に向かった。

案内された部屋の扉を開けば、ちょうど宿題をしていたルウがぱっと表情を照らす。

「あ！　ナーちゃん！」

「ルウ、宿題を頑張っているの？」

すぐに立ち上がったルウは、トテトテと歩いて私の手を握った。

「えへへ、ナーちゃんきてくれてうれしい。いっしょにしゅくだいしよ。だめ？」

「ルウ、ふふ……そうだね。宿題頑張ろうか」

今日は色んな情報を知って、この平和な日々に似つかわしくない光景を見て混乱している。

でも今はリカルド様達が言ってくれたように、私は荒事から離れていよう。

この辺境伯領での暮らしを大切にしていきたいから。

「ルウ、宿題が終わったらお菓子を食べようか」

「いいの⁉　やた！　だいすき」

だってこんなに心癒される日々を、父から聞いた情報で乱されたくはないのだから。

## 彼女が居ない生活・四　ヴィクターside

護衛騎士の解任が、刻一刻と迫っている。

その事実を母やシャイラに告げられず、かなり時間が経ってしまった……

「くそっ‼　どうすればいい」

一人で部屋にいると、思わず不安を吐きだしてしまう。

シャイラの妊娠をごまかす手立ても、切り抜ける手もない。

王太子殿下の信頼を失った今、後ろ盾すら存在しない。

そんな悩みを抱えて部屋を出れば、リビングから金切り声が響いてきた。

「嫌です！　どうしてシャイラがこんな事をしないといけないのですか？」

「シャイラさん。貴方はこのクロエル伯爵家に嫁ぐのだから、領主業は当然の責務です」

階段を降りながら耳を澄ませば、シャイラと母が言い合っているようだ。

口論を止める使用人はもういない。騒ぎ立てる声だけが屋敷に響く。

「私は、ヴィクターに幸せな生活を約束してもらっています。領主業はヴィクターの責務です」

「家族になるのだから協力し合うのは当然の事でしょう？」

「なら、義母様がしてください。ヴィクターのためですよ」

「わ、私はいいのよ。母としてあの子を充分に支えているわ」

互いの意見に折り合いが見つかる事はなく、そんな状況を僕は仲裁もできない。

情けなくも階段で立ち尽くしていると、シャイラが上を見上げて僕を見つけた。

「っ……ヴィクター、部屋から出ていたのね」

「シャ、シャイラ」

シャイラは胸元で両手を組み合わせると、縋《すが》るように僕を見つめる。

「聞いてヴィクター。義母様が私に領主業をさせようとしているのよ？　そもそも妻にさせる貴族なんてないわよね？」

その無垢な表情にわずかな苛立ちを感じつつ、僕は冷たく言った。

「シャイラ……母さんの言う事は聞いてくれ」

「え？」

「ナターリアは妻として領主業をしていた。それが家族として当然の事なんだよ」

「お、お姉様がしていたの？　本当に？」

シャイラが驚いた様子で、責めるような目線を向けてくる。そんな目を向けたって、彼女にやっていることは君も同じだろう。僕達の事情なども汲み取らず、自分の言い分ばかり押し通す。

これがナターリアだったなら……彼女の方がシャイラよりもずっと聞き分けが良かったのに。

「この件は両親に相談します！　お父様も今は出張らしいから、帰ってきたら報告するからね！」

「待て、待ってくれ！　シャイラ！　話を聞け。今は家族で助け合って」

「話し合っても、ヴィクターは聞いてくれないじゃないっ」

叫んだシャイラは僕を恨めしそうに見てから、屋敷を駆け出していった。かつてナターリアにも言われた言葉に、制止の声が喉につっかえて、出て行くシャイラを止められなかった。

ため息をつきつつ執務室へ向かえば、執務作業の書類の束が倒れて散乱してしまっていた。

整理しようと拾い上げた書類は、この領地の経営状況を示すものだった。

見れば貯蓄が底を尽きかけており、流石《さすが》に母に相談しなくてはと再び執務室を出る。

聡明な母さんなら、きっとこの状況にも打開策を提示してくれるはずだから。

「母さん、資産について相談が――」

「あの子、最悪だわ。こんな事なら、ナターリアさんが正妻のままでいた方がよかったのよ」

――は？　なにを言っているんだ。

母さんはいつだって正しいからこそ、僕は信じていた。

シャイラと結婚する事だって賛成していたじゃないか。

「母さんが、ナターリアでは不満だと言って彼女を責めるから。僕は仲裁のためにシャイラを……」

「ヴィクター。シャイラさんは駄目。貴方だって比べて分かったはずでしょう？」

今まで母さんの言う通りなら大丈夫だと、不安な気持ちに蓋をしていた。

だけど僕の選択が間違いだったと、他でもない母が認めてしまったなら。

僕はいったい、この不安とどう向き合えばいい。


不安でおかしくなりそうな中、ナターリアもシャイラも帰らなかった。

そして、いよいよその日は訪れた。僕は王太子殿下の護衛として通い、シャイラと出会った学びの園——その学園長室へと呼び出された。

「ヴィクター・クロエル伯爵。どうぞ中へ」

案内されるまま室内へ入れば、学園長とシャイラが座っていた。

その光景に動悸が激しくなる。

「よく来てくださいました。まずはお座りください」

座った途端、学園長の視線が鋭くなる。

僕の対面に座っているシャイラも青ざめており、身体は震えていた。

「お呼びした件。心当たりはありますか？」

僕が黙っていると、淡々と学園長は言葉を連ねる。

「実はですね。騎士団の調査により、シャイラ嬢が妊娠していると判明したのです」

恐れていた言葉に血の気が引いていく、手先が震えて止まらない。

「我々は、貴方との子だと疑っております」

「っ……」

「我らとて学園内で生徒の動向を確認しております。お二人の仲は殿下の護衛と生徒という垣根を越えているとの報告を受けておりました」

学園長が僕を見つめる瞳には、怒りが込められているのを感じた。

「それでも貴方は王太子殿下の護衛だからこそ、学内の立ち入りを許可していたのです。ですが規律を重んじるこの学園で、生徒との逢瀬を重ねていただけでなく、不倫とは……」

「ち、違います。学園長。シャイラとはいずれ婚約する予定でした、決して不倫ではありません！」

「ですが、貴方は既婚者でしょう？」

「離婚調停中に妻が出て行き……僕は迷惑を被っているのです。僕達に落ち度はありません」

「たとえそうだとしても現在は既婚者ということですよね？　見過ごせるはずもないでしょう」

その言い分が正しいことは分かっている。だけど僕は言い訳じみた言葉を述べるしかなかった。

「妻との離婚はすぐに行います！　だから、どうか今は目を瞑《つむ》ってください」

「できません、風紀の乱れを学園内に生む訳にはいきませんから。なのでシャイラさんは退学にて処理を検討いたしますね」

「……え？」

その言葉をシャイラは事前に聞いていたのか、泣き出しそうな顔で反論をしない。

僕は彼女の退学など受け入れられず、思わず尋ねてしまう。

「シャイラは確かに風紀を乱してしまいました。ですが魔法学で優秀な成績を残す才女です。どうか我が国の未来のためにも寛大な処置を……」

「それがですね。その魔法学も今は一般生徒以下になっておりまして」

「え……」

聞けば、ちょうどナターリアがいなくなったころからシャイラの魔法学の成績は無残に落ちてしまったという。ナターリアが出て行った事で、魔法学へのやる気をシャイラは失っていたのだ。

「故に、シャイラさんの退学を止めるような理由がないのですよ」

「そんな、ナターリアさえ帰ってくれば、シャイラは以前のように才女に返り咲くはずです！」

僕の言葉も虚《むな》しく、学園長は首を横に振る。

「それを待たずして、当の問題を起こしたのはそちらです」

「待ってください！　先程も言った通りに僕は離婚調停中で——」

「それらの正当性を証明する物がないなら、私共も判断を変える事は出来ませんよ」

「っ……」

「もうよろしいですか？　報告は済みました、ご退室を」

それからはいくら問答を繰り返しても、学園長の判断は変わらなかった。

泣き出すシャイラと共に、外を出るしかない。部屋を出た途端、シャイラは僕に抱きついてくる。

「シャイラ、悪くないよね？　ただお姉様と一緒に幸せになりたかっただけなのに」

「……」

「お姉様と一緒の人を愛するのが、どうしてそんなに悪い事になるの？　どうすればいいの？」

シャイラの問いかけに、答えることが出来ない。

残る手立てがもうないのだから。

シャイラが妊娠により退学した事が広まれば、王太子殿下の護衛などすぐに解任される。

それどころか、伯爵家の地位や名誉まで失うのだ。……どうすればいい。

「ヴィクター、私」

「黙っていてくれ！　今、必死に考えているだろう！」

「っ！　もういい」

泣きながら去っていくシャイラに、少しの罪悪感を抱きながら打開策を考える。

だが僕の思考はたった一つに染まってしまっていた。

母さんの考えは間違いで、シャイラすらも学園卒業という箔《はく》が消えたなら――ナターリアが傍に居てくれた方が幸せだったと、今になって考えてしまうのだ。

「ナターリア……どこにいるんだ。帰ってきてくれ、頼むから」

「困っているようだな。ヴィクター」

ふと聞こえた声に思わず顔を上げる、最も会いたくない人物がそこに居た。

「デイトナ殿下？」

僕の不祥事を知れば、首を飛ばすと言っていたデイトナ殿下。

彼は苛立ち交じりの瞳を向けながら、僕に呟いた。

「お前のせいで、私の経歴に傷がついたよ。不義を働くような騎士を推薦した王太子だとね」

「も……申し訳、ありません」

「謝罪は必要ない。今お前が考えるべきは、これから私のために何が出来るかだ」

デイトナ殿下は冷たく言い放つと、懐から何かを取り出して床に投げた。

それは僕がナターリアから贈ってもらった手袋だと気づいて、目を瞬《しばたた》く。

「ど、どうしてそれを？　騎士団倉庫に置いていたはずです」

「王家騎士団長から報告を受けて疑問に思った。お前の剣がダメになったのには理由があると。そこでお前が訓練時代に身につけていたという手袋を調べれば、見事に予想が当たった」

「なにを言っているのですか？」

「ずっと探していた王家が求める至宝が、これに宿っているんだよ」

意味が分からないと困惑する僕に、デイトナ殿下はそっと耳元で呟いた。

「ナターリアを私に献上しろ。そうすれば便宜を図ってやる」

「っ……え？　ですが知っての通りに、居場所が分からず」

「確かに彼女は巧妙だ。旅馬車での目撃情報はあったが、居場所が分かる手がかりはなかった。だが彼女の父は別のようでね、こちらの調査網にかかった」

怪しい笑みを浮かべて、デイトナ殿下は僕の肩を叩いた。

「だから、なんとしてでも彼女を私のもとに連れてこい。居場所は教えてやる」

「へ、陛下。なぜそこまでしてナターリアを？」

「私の目的は変わらない。王として、この国を救うためだ」

デイトナ殿下に戸惑っていると、彼は耳元で囁いた。

「家族を救うために、手を汚す覚悟はあるな？」

その言葉に対する僕の返事は、決まっていた。

## 第六章　この生活は失わない

父の取り調べから十日経った。彼は今も黙秘を続けているという。

一体なにを隠しているのか、まだ掴めない事に不安はあるが、今はリカルド様に「いつも通りに過ごせ」と言われた通り、心穏やかな日々を過ごそうと努めている。

そんな訳で今日も学び舎《や》に向かう準備をしていると、家の呼び鈴が鳴った。

ルウが来たのかと思って玄関扉を開くと、なんとそこにはモーセさんが居た。

「え？　モーセさん。こんなに朝早くにどうしましたか」

「いや、本日の授業の前に少々報告をしようと思ってな」

モーセさんの報告がなにか分からないが、少し悲しげな表情が気になった。

家に招いてお茶を出し、互いに椅子に腰かけると話を始めてくれた。

「フォンドの過去について、情報共有をしておきたい」

「父についてですか？」

「ああ。前も言ったが、奴はこんな愚行を犯すような男ではなかった。少なくとも儂《わし》が知る限りは」

「そう、なのですね」

「奴は儂《わし》が学者時代に教えを乞うてきた生徒の一人でな。優秀で人柄も良く、皆に信頼されていた」

モーセさんはそう言って、視線を落とした。

「奴の研究は魔物を人から遠ざける魔法の模索だった。それは小規模ながらも成功し、王家から表彰も受けていたはずだ。他にも医療者としての経験もあり、幾人も患者を救っていた」

医療者として働きながら、研究成果で子爵家の爵位を得るというのは、並大抵の事ではない。

だからモーセさんの言う通りに、過去の父は人格者だった事は私でも分かった。

「そんな父を変えたのは、やはり私の魔力が関係しているのでしょうか」

「まだ分からんが……ティアという女性が大きく関わっている事は間違いないだろう」

そう言ってモーセさんは懐から一通の紙を出した。どうやら手紙のようだ。

「王都に住むかつての研究仲間や旧友などに頼って、ティアについて調べた」

「ティアさんを？」

「どうやらティアは失踪前、妊娠していた事が分かった。相手は分からんが」

「妊娠って、まさか」

「そうだ。……魔力は親から子へ遺伝しやすい。この意味が分かるか。ナターリア嬢」

私と同じ魔力を持つティアさんが妊娠していた事実と、魔力は遺伝するという情報。

それらを繋ぎ合わせれば、一つの答えが浮かぶ。

「私はティアという女性の、子供である可能性があると？」

「そのとおりだ」

確かにモーセさんの仮説通りなら、私がティアさんと同じ魔力を持っている事に納得がいく。

「それが正しいかどうか知るには、ティアさんを調べるしかなさそうですね」

「あぁ、その通りだ。こんなに朝早くから湿っぽい話をして申し訳ないのう。せっかくお主は気楽に過ごしておったのに」

「いえ。お話ししてくれて嬉しいです」

モーセさんは立ち上がり、気を取り直していつもの笑みに戻った。

「では、また学び舎《や》で会おうか。ちゃんとルウ坊と寄り道せずにくるんじゃぞ」

もういつもの講師の顔に戻ったモーセさんは、微笑みながら私に呟く。

「モーセさん、ありがとうございました」

「ほほ、そろそろルウ坊が来るからの。ひげを三つ編みにされる前に出て行こうかの」

いつもの調子に戻ったモーセさんを見送った後、しばらくしてルウがやって来た。

護衛が傍にいるルウだが、私を見て変わらず可愛らしい声をあげる。

「ナーちゃん！　いっしょいこ！」

「ルウ。きょうもお迎えにきてくれたの」

「うん！　いっしょがいいから」

ルウの元気な声と共に、家を出て共に歩く。

「ナーちゃん。ルウ、おててつなぎたい」

「ルウ。今日もね……抱っこしてあげようか？」

この子の笑顔のためにも、私がいつも以上に笑顔で振る舞おう。

そう思って提案すれば、ルウは瞳を輝かせて私を見つめた。

「いいの!?」

「もちろん。おいで」

「やた……うれしい。やさしくてすき、ナーちゃん」

はにかみながら、ルウが抱きつく。

抱き上げると私の髪に手を伸ばしていた。

「ナーちゃんのね、みつあみにしていい？　かわいいよ」

「もちろん。ルウの好きにしていいよ」

「えへへ。ナーちゃん、ナーちゃん。すき～」

とても嬉しそうに鼻歌を歌い、私の髪を結び始めたルウ。

その笑顔と共に、今日も学び舎《や》へと向かった。

いつも通り授業と人体学の補習を終える。今日もルウが待ってくれているはずだと、急いで学び舎《や》を出ると、ルウと共にまたリカルド様が待っていた。

「おにいちゃん、あっちのお花がいい」

「あぁ」

なんとリカルド様は、ルウと手を繋いで一緒に遊んであげていたようだ。

さらに深まっている兄弟の絆に、思わず感嘆の息が漏れる。

「リカルド様。来てくれたのですね」

「あぁ、会いたいから」

ルウの傍に居たリカルド様の、素直過ぎる返答に思わず戸惑う。

彼は無表情なのも合わさって、どういう感情なのか掴めない。

「いまね、おにいちゃんがナーちゃんを待っている間もあそんでくれてたの」

「そうだったの、ルウ」

「二人が帰るのを見送りにきた。一緒でいいか」

琥珀《こはく》色の瞳でジッと見つめられて、私は大きく頷く。

「むしろ安心できるのでこちらから頼みたいぐらいです。ルウもいいよね？」

ルウは少し緊張してはいる様子だが、リカルド様の提案に嬉しそうに跳ねる。

そして私の手を握ってから、ルウはリカルド様を見つめた。

「ルウね、ナーちゃんまもってあげたいの。だからおにいちゃんもいっしょにおててつないで」

「え？　ルウ？　リカルド様はそこまで……」

ルウは私を見つめながら、自分が握っている私の手の反対。

空いている手を小さな手で掴んで、リカルド様へと引っ張る。

「いっしょにナーちゃんを、おまもりするの」

それはどうだろう……と思った矢先、リカルド様が私の手を見つめて言った。

「ナターリア、握ってもいいか？」

「は……はい」

リカルド様の指が私の手を握る。ペンを握り続けて冷えていた手がほんのりと温かくなる。

見ると、彼の手ですっぽりと自分の手が見えなくなっていた。

そして驚いた事に、手を握ったリカルド様の顔には笑みが浮かんでいる。

「う、嬉しいのですか？」

「勝手に、こうなる。なぜか分からん」

「それが嬉しいという事ではないですか？」

「なら、嬉しい」

「えへへ……おにいちゃんもルウといっしょ。ナーちゃんのおそばにいれてうれしいの？」

「……そう、かもな」

ルウの言葉に返答するリカルド様は、以前よりもずっと素直で嬉しそうだ。

無表情の中に、徐々に芽生えている感情が可愛らしくも思えた。

そう思いながら、私はある事を思いついた。

モーセさんに教わった人体学の成果を、今ここで披露するべきなのではないだろうか。

「そうだリカルド様、みせたい事があるんです。もう一方の手を出してください」

「なんだ」

彼の袖を引けば、昨日も夜間の魔物掃討作戦があったようで痛々しい傷が見えた。

絆創膏《ばんそうこう》では覆えぬ怪我は、まだ放置しているようだ。私はその傷を見据え、ルウに一度手を放してもらう。片方をリカルド様とつないだまま、手を傷にかざした。

「力、抜いていてくださいね」

「なにをする気だ?」

「ふふ、モーセさんに教えてもらい。幾度か試してようやく完成してきたんです」

微笑みながら手先に魔力を込めれば、淡い光が彼の傷を包み込んでいく。

いい調子だ。皮膚組織、血管などを繋ぎ合わせていくイメージで……

「よし、できた……」

「っ!!」

私の魔力の光が消えた時には、腕の傷が綺麗に消えていた。

傷痕も微塵《みじん》も残っていない。まさに完治といっていいだろう。

「これ……は？」

「私が編み出した治癒魔法です。モーセさんのおかげで大分完成に近づきました。まだ切り傷などの表面上が中心ですけど」

「どうしてこんなものを」

「――前に言ったはずですよ？　私、誰かの犠牲のもとで生きたくないって」

目を見開いたリカルド様に微笑み、言葉を続けていく。

「守ってくれる貴方を犠牲にしながら、笑っていられませんから」

彼は何も言わずに、私を見つめ続ける。

なにか失言しただろうかと困惑して、彼の瞳を見ていた次の瞬間。

私の身体は彼の胸元に抱き寄せられた。

「ナターリア」

「ど、どうしました？」

「この恩、どう返せばいい」

抱きしめられて、硬直する。

見上げると、リカルド様の琥珀《こはく》色の瞳がわずかに潤んでいるように見えた。

「ルウと話し合うキッカケをもらい。こんな希望を見せられては……感謝を伝えきれない」

「充分、頂いております。私達が笑って過ごせるのは貴方のおかげじゃないですか。……ルウもそう思うよね？」

「うん。おにいちゃんがまもってくれるから。ナーちゃんといっしょにいられるの」

私とルウの言葉に、リカルド様は沈黙で答える。

私を抱きしめる力が一瞬弱まる。ふ、と息を吐くとリカルド様は腕を大きく広げ直して、ルウと私を一緒に抱きしめた。そして耳元で小さく呟くのだ。

「ずっと一緒がいい」

「え……それって、どういう意味で」

「分からない。だが、そう思うんだ」

そう言ったリカルド様は、ぎこちなく戸惑った様子に見える。自分でもその感情がなんなのか分かっていないというような表情に、きゅっと胸が高鳴った。どう返事をすればいいのか分からないでいると、私の隣でルウも嬉しそうに私の腰に手を回した。

「おにいちゃんずるい。ルウもナーちゃんといっしょにいたい」

「俺もナターリアと、一緒にいたい」

兄弟そろって素直に私へと気持ちを伝えてきて、心臓の鼓動が止まらない。

もちろん私だって、彼らの気持ちに応えたかった。ルウの頭に手を置き、リカルド様の背に手を回す。それから息を吸い込み、リカルド様を見上げた。

「……私も二人と一緒だと嬉しいです。だから、いつでも会いにきてくださいね」

「やた！　みんなでいっしょにいたい。るうね、みんなだいすきだもん」

「……そう、だな」

辺境伯領に来て、こんなに温かな関係なんて築けると思っていなかったのに……

兄弟揃って伝えてくれた気持ちが嬉しくて、リカルド様とルウの手を握って微笑む。

だけど……この時間は長く続かなかった。

「辺境伯様っ!!」

そんな声とともに、馬に乗って駆けつけて来たのは辺境伯領の兵士だった。

リカルド様は私達を抱きしめていた腕をほどき、即座に兵士のもとへ向かう。

馬から降りた兵士は焦った様子で、リカルド様に向かって敬礼をした。

「ほ、報告があります！」

「どうした」

「先程、王家騎士団所属の騎士が、辺境伯様にお会いしたいと我らの訓練所に訪れました！」

王家騎士団とは、ヴィクターが所属していた騎士団だったはずだ。

とたんに脳裏を嫌な考えがよぎり、嫌な汗が流れる。

「王家騎士団の用件はなんだ」

「そ……それが……その」

兵士は、どこか言いづらそうに顔を伏せる。

迷うように泳いでいた視線が、やがて私へと定まって口を開いた。

「ナターリアさんに国家反逆罪の疑いがあるとの事で、辺境伯様には該当人物の即時引き渡しを要求するとの事です」

「なっ!? なにを言って。そんな事を私はやっておりません」

不躾にも思わず声を上げてしまう。国家反逆罪を企てているなど、全く心当たりがない。

だけどその疑問に答えるように、兵士が報告を続けた。

「我らも再三確認したのですが……ナターリアさんは禁止されている魔法を使った疑いがあり、王家騎士団は取り調べ内容によっては連行をすると言っているのです」

なにひとつ心当たりがないし、この王国内で禁止されている魔法などないはずだ。

王家騎士団の物言いは、あまりに横暴だと感じざるを得ない。リカルド様も顔を歪めると、すぐに首を横に振った。

「そのような言葉を聞く必要もない。即刻ナターリアを保護する。王家の騎士達に渡す気はない」

「リカルド様、良いのですか？」

王家に直属する騎士団の命令は、王命とほぼ同義。それを拒否するには危険が伴う。

しかし、リカルド様は私の肩に手を置くと、淡々と兵士に命令を続けた。

「そんなもの、ナターリアを連行する正当な理由にもならん」

そう呟いて、リカルド様は私を見て「大丈夫だ」と呟く。

いつもと違って、私を見る際に優しく微笑んでくれていた。

「こんな事でルウの親友を、――君を奪われるつもりはない」

私にかけられた虚偽の疑い、そして王家騎士団の命令があってなお。

ルウの親友として私を信じてくれる彼の優しい言葉が、今は不安を晴らしてくれた。

だが……

「王家騎士団は今どこだ」

「訓練所にてリカルド様をお待ちで――」

ピ――――――!!!!!!

兵士の報告の途中だった。かん高く笛の音が響き渡る。私やルウは思わず耳を押さえた。

音の出所に視線を向けると、馬に乗った騎士がこちらを遠巻きにして笛を咥《くわ》えている。

それは辺境伯領兵士よりも明らかに豪奢な鎧に身を包んだ騎士だった。

その騎士は笛から口を離して声を上げる。

「見つけたぞ、ナターリア・クロエル! 貴殿を国家反逆罪の疑いで拘束する! これは王家からの命令である。反抗の意志を示さず、すぐこちらへ参られよ!」

「ナ、ナーちゃん……?」

ルウが私にしがみつき、心配そうな視線を向ける。それとほとんど時を同じくして、地面を踏み荒らす馬の蹄音が響き渡った。幾人もの騎馬兵が学び舎《や》を取り囲みだす。

先程の笛は私の居場所を告げる合図であったのだろう。

彼らは馬から下り、私達に向かって抜き放った剣を突き付けた。

「辺境伯殿。お聞きしたはずだ! その女の即時の引き渡しを要求する!」

「近くの子供! その女は危険だぞ! 我らが拘束するからすぐ離れるんだ!」

次々とそんな声が周囲から飛んでくる。

リカルド様は私の傍を離れぬまま、囲む距離を近づけてくる騎士達へと告げた。

「誰の権限を得て、ここで調査権を行使している」

「辺境伯領での越権とは承知。ですがこれは王太子殿下直々のご命令ゆえ、特例としてこの地での調査、拘束を許可されております」

「待ってください！　私は決してそのような事はしておりません！」

「黙れ。貴殿の罪については王太子殿下より報告を受けている。取り調べは王都で行うゆえ、大人しくこちらへ参られよ！」

私の抗議をかき消すように、王家騎士団が述べる。

「貴殿は不法な魔力を使い、すでに数人を殺《あや》めているとの報告を受けている！」

それどころかルウやリカルド様の前で、高々と叫び出したのだ。

そんなこと、私は誓ってしていない！

人を殺《あや》めるなんてあり得ないし、彼らの言った私の罪は虚偽である事は間違いない。

そもそもどうして私にこんな疑いがかけられているのか、意味が分からない。しかし、疑いの段階では否定することも難しいと考えていた時だった。

「そんなことしないもんっ!!」

まっすぐな声がその場に響く。騎士達の視線が一斉に下に向いた。

声を張り上げたのはルウだった。琥珀《こはく》色の目を涙で輝かせながら、ルウが両手を握って叫ぶ。

「ナーちゃん、そんなことしない！」

「子どもがなにを言っている！　黙っていろ!!」

「うそつき！　ナーちゃんはやさしいもん！　……ナーちゃんはやさしいの。ルウの、だいすきな友達だもん！　ぜったいにそんなことしない！」

大勢の騎士に睨まれながら、ルウは手足を震わせながらも私のために声をあげている。

そして、その声に合わせて傍に居たリカルド様が口を開いた。

「ルウの言う通りだ。貴様らを信じる気はない」

ルウの頭を撫でながらリカルド様がそう言い切ると、騎士達が口を噤《つぐ》む。

それを睥睨《へいげい》し、リカルド様は低い声で続けた。

「彼女は辺境伯領に大きく貢献している。その事実を俺はこの目で見た。そのナターリアへと不当な疑いをかける気か？」

リカルド様の威圧感と共に発せられる言葉に、騎士達は完全に勢いをなくしていた。

だが、彼らの中の一人が自らを奮い立たせるように頭を振って、怒声を響かせた。

「これは王太子殿下からの特務！　王家騎士への職務妨害は大罪となりましょう。もしも庇い立てするなら辺境伯閣下やそこの子供も連行させていただきます」

騎士達の言葉に、私は反応せざるを得なかった。

抵抗すれば、疑いをかけられている私以外まで連行するなど、そんな横暴が許されていいはずがない。私一人ならまだしも、二人までをいいように言われて黙ってはいられなかった。

息を吸い、私は彼らを見つめる。

「王家騎士の方々に述べます！　私が国家反逆罪を企てたとおっしゃいますが、それを示す証拠はあるのでしょうか」

否定するのではなく、証拠を求めて声を上げる。

騎士達は言葉を詰まらせて、迷うように視線を合わせながら答えた。

「王太子殿下の直々のご命令を疑う必要などあるまい。疑いを晴らすなら王都で行え」

「辺境伯閣下への事前連絡もなく、貴方達が王家騎士団であるという証すら見せていただいておりません。貴方達の正当性が分かれば、ついていきましょう。令状を見せていただけますか？」

返した言葉に、騎士達はぐっと唇を噛んだ。そして、互いに目線を合わせては、俯いている。

「まさか、令状もなくこのような扱いを？」

騎士達が怒りはしているが、言い返す言葉に迷っている様子だ。

「デイトナ殿下の調査結果だ。我々は殿下直々に指令を下されている！」

「この国では嫌疑ある者に対し、裁判所に疑うに足る証拠を示して発付された令状こそが強制執行権を有しているはず。その司法も通さず、王家騎士様は殿下の調査結果のみで動くと？」

「侮辱する気か？　我らは王国の秩序と正義を背負ってこの場に立っているのだぞ！」

「それが誇り高き王家騎士様の正義なのですね……杜撰《ずさん》なお仕事ぶりに感激いたします」

もう、彼らに反論は残っていない。

いくら正義だと謳《うた》っていようとも、青筋を浮かべて怒りを示しても無駄だ。

然るべき手順も踏まぬ彼らは、ただ正義を語っているだけの暴徒も同じなのだから。

「王家騎士団の皆様。これより貴方達の行為は、辺境伯領民への証拠もない侮辱行為。令状もない不当な調査を行った事になりますが、それでもよろしいのですね」

私が発した言葉に、騎士はいよいよ限界というように剣をこちらに向けた。

「黙れ！　もう面倒だ。我らへの妨害は王太子殿下への反乱に等しい！」

「その通りだ。これより抜剣を許可する！　王家騎士団の正義のために、この剣を振るえ！」

彼らの怒りは最高潮に見える。武力行使だけでこの場を収める気のようだ。

でも、今や私を連れていくための令状すらないと分かったのだ。彼らの行為は不当、私が彼らに同行する理由はない。だからこそ、もう彼が黙っているはずもなかった。

「誰に断って、ナターリアに手を出す気だ」

「っ!!　辺境伯、我らは王家に遣わされた騎士です！　多少の荒事は容認を――」

言い訳のように王家騎士が叫び、剣を私に向けるが……

「自分で考える事も止めているなら、もう黙ってろ」

「なにを!?」

リカルド様の周囲に、雷のような魔法が見えた瞬間。

瞬きの間に、瞬時に移動したリカルド様が剣の柄を騎士の鎧へと叩き込んでいた。

鋼鉄の鎧はあっけなくへこみ、一人が倒れる。周囲の騎士は警戒と畏怖の瞳を向けた。

「答えろ。貴様らはなにをもって正義だと謳《うた》う」

「へ、辺境伯殿！　我らはデイトナ殿下からの命を受けている！　貴方の行為は反逆罪で――」

「もういい。もう黙ってろ」

リカルド様の瞳が、さらに獣のような鋭さを増して彼らを射貫いた。

魔法によって発生した雷光を帯びて、リカルド様は騎士達へと踏み込む。

まさに稲妻が走るかのように、目にも止まらぬ速さで騎士達が制圧されていく。

「馬鹿な、こ、これが辺境伯領の魔物被害を終わらせたと聞く辺境伯の力――」

そう呟いた騎士の後ろでもう一筋稲妻が瞬いて、彼は倒れ伏す。

瞬きの間に、騎士の制圧が終わってしまった。

相手は一応王家直属の騎士団であったというのに、リカルド様は飄々《ひょうひょう》とした表情を浮かべたままだ。

「全員気絶させただけだが、しばらくは意識が戻らないだろう。もう大丈夫だ、ナターリア」

「ありがとうございます……！」

私はそう言って、隣で立ち尽くしていたルウを抱きしめた。

「ルウ！　大丈夫？　ごめんね、また巻き込んで本当にごめんなさい」

その身体はまだ震えているけれど、小さな手が私の頭を撫でてくる。

「ルウね、ナーちゃんをまもるっていったから、がんばったの。えらい？」

「かっこよかったよ。勇気を出してくれて、ありがとう」

「えへへ、ナーちゃん。もっとぎゅってして。そしたらルウね、もう怖くないから」

「うん。うん……」

ありがとう、ルウ。

私は君に……本当に返しきれない恩ばかりもらっている。

お礼を告げようと、ルウの頭を撫でた時だった。

「――すまない。ナターリア、まだもう一人いたようだ」

「え？」

リカルド様の言葉に視線を上げ、少し遠くから近づいてきた男の姿に言葉を失った。

「……ヴィクター。貴方も来ていたのね」

「まさか本当にここにいるとは。それに、他の王家騎士は全滅か？　彼らになにをした？」

ヴィクターは以前見た時よりもやつれて見えた。血走った目で周囲を見て、少し怯えていた。

私は彼の前に歩み寄ると、失望交じりに呟いた。

「貴方がここに来た理由は、彼らと同じで――私を罪に問いに来たんですよね」

ヴィクターは気まずそうに俯き、首を小さく横に振った。

「違うんだ、ナターリア。僕は命令を受けて帯同していただけだ。こんな特務だと知らなかった」

何を言われても受け入れる事はできない。失望と一緒に悲しみがこみ上げる。

期待なんてしていなかったけれど、彼を支えていた日々がまた裏切られた思いだ。

「貴方の傍に居た私は、国家反逆罪などを犯すような妻でしたか？」

責めるような問いかけに、ヴィクターは言い訳のような言葉を返した。

「僕だってナターリアが無実だと思っている。だからこそついてきてほしい。君の無実を証明し、然るべき手順で僕と離婚してくれ。今もシャイラや僕は、君が勝手に出て行ったせいで苦しんでいるんだ。君が来てくれれば家族を救えるんだ！」

その家族の中に、私が居ない事には虚《むな》しさはない。

だって私にはもう、彼ら以上に大切な人達がこの辺境伯領にいるのだから。

それゆえに、彼の言葉には一切同情もできないし、聞く気もない。

「結局貴方は奴隷が欲しいだけでしょう？　貴方の事情を聞く気もないし。王太子殿下の対応を受け入れる気もないわ」

「君が戻らないと、僕ら家族が立場を失うんだ！　僕は家族を守りたい！　だから頼む！」

必死に説得を繰り返すヴィクターにうんざりしていると、ルウが私の袖を引いた。

「ナーちゃん。この人のとこ、いっちゃうの？」

「いかないよ、大丈夫。ルウ達の方が大切だもの」

ルウの言葉に間髪容れずに返事をする。すると、わめき声が隣から上がった。

「なにを言っているんだナターリア。今も妹のシャイラは君のせいで苦しんでいる。姉として救ってあげようという気はな――」

ふっと場が静かになり、私は振り向く。

ヴィクターの口元をリカルド様が掴んでいた。青筋が浮かんだ手が喰い込み、ヴィクターはもう喋れない程の力で押さえつけられている。

「……妻を犠牲にして家族を維持するのが、お前のやり方か？」

「っ⁉」

以前に事情を話していたおかげかもしれない。

リカルド様の瞳には怒りが灯り、ヴィクターの顔を掴んだまま地面に叩きつけた。

「あぐっ……や、やめ！」

「ナターリアは幸せに暮らしている。不倫をしておきながらそれを奪うのがお前のやり方か？」

「っ……黙れ、黙れよ！　お前に僕のなにが分かる！」

リカルド様の言葉に、鼻血を流しながらヴィクターは声を荒らげる。

だが力でかなうはずもなく、土にまみれた鎧がうごめくだけで状況は変わらない。

「僕は、僕は最善を選んだだけだ。母に嫌われていた彼女に寄り添える妹が居れば幸せだと思った。ナターリアが妻でなくなったとしても、僕達にとって一番良い形に収まるはずだったんだ」

「俺からすれば、色に溺れた言い訳を都合よく書き換えているだけだ」

リカルド様がそう言い捨てる。土にまみれたヴィクターからそれ以上の反論は無かった。

そうだ、ヴィクターはシャイラに欲情したという事実を、綺麗事にしていただけなのだ。

いくら正当化しようと喚いても惨めなだけだと、他でもない彼が一番分かっているはずだ。

「ぼ、僕は、ただ……皆のためと思って」

「もういい、戯言《ざれごと》は聞き飽きた。行こう、ナターリア。王都には早馬を出す。令状も大義もない連行などこの地では許さないと」

そう言ってリカルド様が歩み出そうとした時だ。組み伏せられているヴィクターが叫んだ。

「こんな事をすれば皆が危険になるのだぞ。ナターリア！　王太子殿下の命令だ。従わなければ危険だと分かっているはずだ！」

　私のせいになってたまるものか。

　そう思うが、ここに居れば皆が危険なことは私もよく分かっていた。

「ナターリア、僕だって君には不幸になってほしくない。だから聞いてほしい」

　不愉快な事だが、ヴィクターは本心で私を思って話しているようだ。

　現に訴えかける目線が、心配するように必死に私を追っていた。

「僕が今度こそ夫として役目を果たすと誓う。だから家族のもとへ戻ってきてくれ。お願いだ……頼むから。今の君には後ろ盾がないだろう、今度こそ僕が守ってみせるから」

　その提案をヴィクターが発した瞬間だった。

　突如、私の肩が掴まれる。

「無理だ」

　聞いていたリカルド様が、私を抱き寄せたのだ。

「俺が後ろ盾になる」

「…………な？」

　今しがたリカルド様の放った言葉に、ヴィクターの目が見開く。

　私も耳を疑った。しかし、リカルド様は私の肩を抱く手に力を込め、続きを言ってくれた。

「ナターリアは、俺のものだ」

「え……？」

「ルウと同じ、俺の家族だ」

私を抱きしめ、そして近くにいたルウの頭を撫でたリカルド様の言葉。

そこに迷いは一切なく、琥珀《こはく》色の瞳には決意が満ちていた。

「え……え？」

ヴィクターは動揺して私へと視線を送るが……見ないでほしい。

私だってリカルド様の告白にも近い言葉に、心臓が破裂しそうなのだから。

「ナターリアとずっと一緒にいるのは俺だ」

「そ、それはどういう意味ですか。リカルド様」

私が聞けば、リカルド様は私の手を握って視線を傾ける。

「ナターリアの隣は、俺とルウだけのものだ」

その言葉だけで、彼の想いは充分過ぎるほどに伝わってくる。

「駄目か？」

その問いで初めて、リカルド様の視線が揺れる。あくまで私の意思を大切にしたいというような表情に、私は思わず微笑んでしまった。

「……私はもちろん嬉しいです。でも本当に私でいいのですか？」

「あぁ。誰にも渡したくない。……ナターリアとずっと一緒がいい」

そう言ってぎゅっと手を握られる。その表情に、胸が高鳴る。この領地で全ての人を守ろうとしてくれた彼が、私を手放さないという決意をしている。

それが、たまらなく嬉しい。高鳴った鼓動が鳴り止まない。

「なにをしている。僕が守ると言っているだろう。こっちを見ろ、ナターリア！」

ヴィクターは今までのやり取りに困惑した声を張り上げるが、もう私の答えは決まっていた。

リカルド様の手にそっと指を絡めてから、ヴィクターを見つめた。

「ヴィクター、貴方の心配は杞憂です。私はここで支えてくれる人が、家族ができたから」

「ナターリア、待てよ。僕らはどうなる！」

「出て行ったあの日から、私の考えは変わらない。離婚を望んだのは貴方よ」

「っ！」

どうして、そんなに悔しそうな顔ができるというのだろうか。

元を正せば初めに離婚を切り出したのは、他でもないヴィクターだというのに。

「お、王太子殿下はナターリアを求めてここまでの手段を講じたんだ。黙って見過ごすはずがない！　危険な事には変わりないはずだ」

そう言い募るヴィクターに、リカルド様は淡々と反論を述べる。

「明日王都へ向かう。俺の妻となる彼女へ蛮行を働いた王太子など俺が仕えるべき相手ではない。……そこに、お前もついてこい。重要参考人として王太子殿下の前に突き出す」

ヴィクターの表情が一気に青ざめ、信じられないというように口を閉ざす。

令状はなかったとはいえ、王家騎士団を呼び出したのだ。王太子殿下にこれ以上時間を与えてしまったら、さらなる証拠を捏造されてもおかしくない。

だからリカルド様は迅速な対応をすることにしてくれたのだろう。

その対応に感服しながらも、私は彼の袖を引いた。

「リカルド様。良いのですか、辺境伯領は貴方が居なければ」

「大丈夫だ。ナターリアのおかげで俺が一時的に居なくとも、この地はもう問題ない」

「なら、私もついていきます」

「心配するな。君はルウと一緒にいろ」

手を握ったままリカルド様は微笑んで、私に優しい言葉をくれる。

その言葉はとても嬉しい。でも、彼にこのまま任せてばかりでは、絶対に駄目だ。

家族となってくれると決断してくれたリカルド様のため、そしてルウとこれからも幸せに暮らすためにも、私の不安は私自身で取り払わないと。

ぎゅっと手を握り返して、リカルド様に微笑みかける。

「私は、ここで培った幸せを奪おうとしたヴィクターも、王太子殿下も許せません。だからついていかせてください。今度は一緒に、この暮らしを守りたいです」

「……分かった。ついてこい、ナターリア」

決断も行動も、迅速にいこう。

王太子殿下の目論見《もくろみ》は知らないが、私の人生を奪おうとした事を絶対に――

「後悔させます。この幸せを軽々しく踏みにじった事をね」

翌日。学び舎《や》の周辺で起きた騒ぎによって、噂はすっかり広まっていた。

リカルド様が王都に向かうことを聞いた多くの領民が、辺境伯邸の前庭に集まっている。

その人々の視線の中で、ルウが馬車に乗り込む前の私に抱きついた。

「ナーちゃん、しばらく会えないの？」

「ごめんね、ルウ。私は悪い事なんてしてないって、皆に教えに行ってくるの」

ルウを抱きしめれば、小さな手が私の髪に触れて一束の髪を結い始めた。

「じゃあルウがね、おめかし、してあげるね」

見ていると、私の髪を丁寧に三つ編みにしてくれているようだ。

「みつあみ！　ナーちゃんおそとにいくから、かわいくしたの」

「ふふ、ありがとう。ルウ」

「おてても、だして」

言われた通りに手を出せば、ルウの小さな手が私の指を掴む。

それから私に抱きついたルウが耳元で囁いた。

「ナーちゃん、おにいちゃんとかぞく？　になったの？」

「そうなる予定……だよ」

「じゃあ、ルウともかぞく？」

コクリと頷くと、ルウはとびきり嬉しそうにさらに抱きついてくる。

ルウの柔らかなほっぺが、もちもちと私の頬に当てられる。

「えへへ、ナーちゃんとかぞくだ、うれしい」

「ルウ……」

「ナーちゃん……ルウ、まってるからね。おにいちゃんとすぐにかえってきてね」

「うん。すぐに戻るから。待っていてね、ルウ」

「ぶじにかえってくる、おまじないだよ」

ルウがぎゅうっと私を抱きしめる。

ぷにぷにの頬を当ててくれて元気百倍だ、心の中にあった不安はすっかり消え去ってしまった。

お礼と別れを済ませて馬車に乗り込めば、ルウを抱っこしたモーセさんが頷いた。

「話は聞いたぞ。王家がまさかこんな横暴をするとは。儂《わし》の知らぬ秘密があるのかもしれん」

「ええ。モーセさん、ここまで愚行を犯した理由を王太子殿下には問い質《ただ》します」

「分かった。ルウ坊の事などは儂《わし》に任せておけ。リカルド様から離れぬようにな」

「ありがとうございます。モーセさん」

私が感謝を伝えていると、リカルド様もジェイクさんや兵士達に言葉を告げていた。

「皆、すまない、少しだけ頼む」

「もちろんです。ナターリア様の手袋のおかげで、辺境伯領を守るための力は無事整っております。だからどうか、ご心配せずに王都へ向かってください」

「……任せた」

そう言ってリカルド様も馬車に乗り、御者へと指示を出す。

馬が地面を蹴り、馬車が走り出す。

遠ざかっていくルウはずっと手を振ってくれていた。精一杯窓から体を乗り出して、ルウに手を振り返す。リカルド様も私を見て、琥珀《こはく》色の瞳をわずかに下に向けた。

「ルウは、いい子だが……きっと寂しいはずだ」

「はい。ルウのためにもさっさと終わらせましょう。リカルド様」

王都に向かい、王城で行われる夜会に飛び入り参加する。

そこで王太子殿下を糾弾するのが、最も手っ取り早い。

馬車の荷台には簀巻きにされたヴィクターが乗せられている。それに久しぶりの夜会に参加とあって、実家時代に一応持っていたドレスを荷物に詰め込んだ。

トランクの持ち手を握り直すと、リカルド様が私の手に自分の手をそっと重ねた。

「不安か？」

「いえ、大丈夫です」

「心配するな。誰にも手出しはさせない」

「ありがとうございます。でも本当に大丈夫です。ただ、気になっている事があるだけで……」

首を傾げたリカルド様に、一つだけ心に引っかかる事を告げる。

「父も王太子殿下も、明らかに私を狙って強引な手段を講じている。その理由が分からないんです」

私の父は辺境伯領に単独で訪れ、王太子殿下は王家の騎士団まで寄越した。

理由は分からないけど、彼らの目的は私の魔力にあるようにも感じる。

「全ては、殿下に会えば分かる」

それもそうだ、全ての謎を知るためにも殿下のもとへ向かうしか私には選択肢はない。

だけど心に不安がないのは、ルウの見送りと、リカルド様が居てくれるおかげだろう。

王都へ向かう道中に、私の心には一つも不安はなかった。

## 第七章　理想を実現する方法

私達が参列する夜会は、王城で催されている王太子殿下の十八の誕生日を祝うものだ。

流石《さすが》は王族主催の式典というべきか、国の威信を賭けた豪奢な装いに声が出ない。

会場は黄金の調度品で埋め尽くされ、煌《きら》びやかな装飾がこれでもかとちりばめられている。

その場を歩いていると、参列していた貴族の方々の視線はこちらに集まっていた。

「あれは確か、辺境伯閣下か？」

「隣の女性は誰だ。それに連れられている男は確か……」

皆の視線が釘付けになるには、リカルド様の存在が大きいけれど、他にも理由があった。

彼の後ろに、犯罪人のように腰縄をつけられたヴィクターが連行されているからだ。

そんな折、会場の中で鈴が鳴らされた。王太子、デイトナ殿下が会場入りするという合図だ。

会場の両開きの扉が開き、複数人の王家騎士を連れたデイトナ殿下が悠然と歩いてくる。

黒く長い髪を後ろで結わえ、凛々しい顔立ちは王太子としての自信に満ちていた。

彼は若々しい見目に笑みを張り付けて、周囲に礼をしていく。

「式典への参加を感謝します。皆様、どうか私に気を遣わずに、憩《いこ》いの時間を過ごしてく――」

言葉の途中で、デイトナ殿下の声が止まった。

彼の目の前へと、ヴィクターが突き飛ばされたからだ。辺境伯領から着替えもしないボロボロの姿で倒れ込むヴィクターを見て、デイトナ殿下が目を瞠《みは》る。

「……ヴィ、ヴィクター？　なぜ、ここに？」

「俺が連れてきた」

ヴィクターを軽々と投げたリカルド様が、会場の視線も気にせずに前に出る。

その威風堂々たる振る舞いに動揺したのか、デイトナ殿下の視線が揺らいだ。

「リカルド辺境伯。それにその女性は、まさか」

「ナターリアと申します。デイトナ殿下。来た理由は分かっておりますよね」

私もリカルド様に手を引かれるがままに前に出て、微笑んだ。

殿下が目を見開くと同時に、周囲の騎士達が剣の柄へと手を当てた。

「団長！　即刻に彼女を連行しろ！　魔法を使わせるな――」

デイトナ殿下の焦り声が会場に響くが、それをかき消すような轟音が響き渡る。

同時に、殿下の命を受けた団長らしき騎士が姿を消して、代わりにリカルド様が立っていた。

どうやら、殿下から指示を受けた王家騎士団長が、リカルド様に吹き飛ばされたのだ。

「え……は……団長？」

「誰を連行する気だ？」

「へ、辺境伯？　なぜだ、いったいなにをしたか分かっているのか？」

力の差を一瞬で示され、周囲の王家騎士が呆然と立ち尽す。

一拍の間を置いて事態に気付いたデイトナ殿下が、冷や汗交じりに一歩後退した。

「辺境伯！　これは王家に対する反逆罪だぞ」

他の護衛騎士が私へと剣を向けるが、刹那にリカルド様が手で掴んで剣を折った。

「どういうつもりだと？　それは俺の言葉だ。デイトナ殿下」

「は？　なにを……」

「彼女は俺のだ。我が妻、ナターリア・シルジュとしてこの場にいる」

「な……嘘だろう!?　そん、な報告は受けて、いないぞ」

「俺の妻を、王太子が罪人としたようだが、明確な証拠があってのことだろうな」

デイトナ殿下の顔がピクピクと引き攣《ひっ》る。自らを祝う式典でリカルド様が赤裸々に語る内容は、彼がこの場にいる誰にも聞かれたくない内容のはずだ。

「誰の妻を相手にしているか、よく考えて答えろ」

「ま、まってくれ、辺境伯……」

こちらの対応に対して、デイトナ殿下は分かりやすく焦りを見せた。

先程までの爽やかな笑みは消えている。王太子の動揺する姿を見て、周囲もどよめいている。

この機を逃さずに、私は会場の貴族に訴えた。

「デイトナ殿下は先日、私が殺人を犯したとして、辺境伯領に令状もなく王家騎士団を派遣いたしました！　これは司法も通さず権力を乱用した越権行為です！」

「ま、待て！　こんな場で言うべきことではないだろう！」

「それなら、私の罪を示す証拠を提示してください」

そう言うと、デイトナ殿下は悔しそうに黙り込む。

「見ての通り、デイトナ殿下は権力を行使して、証拠もなく女性を貶《おとし》めたのです」

私の言葉を皮切りとして、参列していた貴族がデイトナ殿下へと不信感を露《あら》わにする。

こうなればもう殿下は逃げることなど出来ない。

自らの権威を守るためにも私が罪を犯した証拠を提示しなくてならないが、示す証拠は何もない。

それが彼にとってどれほどの醜態となるか、想像しているはずだ。

「……ヴィクター、先遣隊として任せたお前達は失態を犯してくれたようだな」

デイトナ殿下が小さく漏らした悪態は、ハッキリと聞こえた。

ヴィクターは青ざめているが、ここで明確に追い詰められているのは殿下だけだ。

もはや言い訳の出来ぬ状況に活路はないが、私はさらに問い詰める。

「次代を担う王が、国民にこのような対応をした事を、この場の皆がよく見ておりますよ」

「っ!!　ま……待ってくれ。一度、時間を置いて協議の場を設けたい」

「いえ無理です」

デイトナ殿下が言い訳の言葉を並べようとしたが、聞いていられない。

こちらはルウに会うためにも、さっさと終わらせて辺境伯領に帰りたいのだから。

「理由を……全て話せ」

だからこそリカルド様が怒気を交えた声で呟き、デイトナ殿下へと一歩進んだ。

「辺境伯、落ち着け。こちらは時間を置いて然るべき証拠を提示する。だから――」

残るデイトナ殿下の護衛である王家騎士が、リカルド様を制止しようと手を伸ばす。

しかし騎士の力では止められず、リカルド様は殿下の眼前まで迫って彼を見下ろした。

「リ……リカルド辺境伯……」

「言え。お前が王であろうと、俺の妻に手を出すのなら、潰すだけだ」

身が竦むほどの威圧で呟かれたのは決して冗談ではない言葉だった。

聞いていた私でさえ身が竦む。その眼光を受けたデイトナ殿下は足を震わせ、力なく頷いた。

「わ……分かった。こちらの事情を全て隠さず話す」

ようやく認めてくれたようなので、これで話し合いの場には出来そうだ。

だが王太子の自白に近い言葉に貴族達は動揺し、傍にいた王家騎士達が狼狽《ろうばい》していた。

「デイトナ殿下！　これでは……」

「お前達も武器を放棄しろ。もはや抵抗も無駄だと分かるだろう」

「………我らが不甲斐なく。申し訳ありません」

「よい。ナターリア嬢。王家の非礼を認めて、私は相応の責任を負うと誓う。だから別室で話をしたい。逃げる気はない、なにせこの状況では私の未来は終わりだ」

「ここで話してくださらないのですか」

「すまない、ここでは話せないんだ。全てを打ち明けると誓う、頼む……」

逃げないという言葉に嘘はないと示すためか、デイトナ殿下が騎士に顎《あご》で合図を送る。

すると王家騎士達は剣を置いて、武器は隠してないと言いたげに手を挙げた。

「会場の皆も迷惑をかけた。もし私がナターリア嬢と和解できなければ、好きに貶《おとし》めてくれ」

潔く、意外な程にあっさりとデイトナ殿下は口上を終えて私達を見つめる。

事情を知るには、会場で問答を繰り返しても殿下は話さぬ気だろう。

リカルド様を見れば、好きにしていいと言いたげに頷いてくれた。

「分かりました。別室にて話しましょう」

「すまないな」

そうと決まれば、私は倒れていたヴィクターを見つめる。

「ヴィクター、会場にはシャイラが来ていますね」

「……あぁ、君が呼べというから。辺境伯領を出る前に手紙を送っておいた。来ているはずだ」

「ならシャイラを見つけて、先に合流しておいてください。全て終われば離婚しに行きます」

ヴィクターの何かを言いたげな視線を無視して、リカルド様と共に別室に向かう。

全てを聞いた後は、離婚して帰るのみ。

そうなれば自由で、私にとって最大の目標があるからこそ頑張れる。

だから必ず離婚するために、デイトナ殿下との問題を終わらせてみせよう。

◇◇◇

案内された部屋は、王家の応接室だった。

綺麗な装飾がなされたソファに座れば、デイトナ殿下が口を開いた。

「話す機会を設けてくれて感謝する。真実を話すとカリヨン王家の名に誓おう」

「さっさと話せ。俺は早くナターリアと帰りたい」

リカルド様の言葉に、デイトナ殿下は頷きながらこちらを見つめてきた。

「君の魔力について、詳細は分かっているだろうか？」

「モーセさんに調べていただきました。私の魔力は変質しており、どのような魔法も実現可能だと」

「……ああ、その通りだ、そしてその力は現王政に必要なのだ。なにせそれは我がカリヨン王国の土壌を作り上げたとされる初代王家の魔力であるのだから」

その言葉に息を呑んだ。

以前にモーセさんが調べていた歴史書。そこには初代王家が山や川を魔法で作ったと記述がされていた。モーセさんも私の魔力との関連性を疑っていたけれど、まさか現王家のデイトナ殿下が認めるとは……

「では私に、初代王家の血筋が？」

「そうだ。そして、その魔力はカリヨン王国が長年抱えている憂いを消す救いとなるはずだ」

そう言ったデイトナ殿下へと、私は問いかけた。

「憂いとは、なんのことですか」

「魔物だ。辺境伯領にいるなら知っているだろう。魔物の生息数が多い地域に面する辺境伯領の防壁はいつか破られる可能性が高い。それこそが王家の抱える悩みだ」

デイトナ殿下は自らの意見を述べていく。

「辺境伯領での魔物被害はリカルド辺境伯のおかげで減少した。しかし依然として魔物が脅威である事は変わらない。辺境伯殿が亡き後、犠牲になるのは無力な国民だ」

彼の言い分に理解はできるが、その解決策が見えずに思わず問いかける。

「この魔力で、その現状をどう救うというのですか」

「その力であれば、容易に国土を拡大して我が国は魔物の生息域から逃れる事ができる」

「まさか自国の防衛力を上げるのではなく、他国を侵略しようとしているのですか？」

「防衛には金も手間もかかる。それに魔物がいる限り終わりもないのだぞ？　未来の民に負担を課す防衛よりも、民が安全に住める領土を広げた方がいい。そう思わないか？」

デイトナ殿下の言葉に、暫しの静寂が流れた。

「――それがナターリアの人生を奪う理由になると、本気で言っているのか」

静寂を打ち消したのは、リカルド様だ。

怒気を込めた言葉に、デイトナ殿下は視線を落としながらも答える。

「理解してほしい。脅威から逃れるために彼女を利用するのは、国家がとるべき最善だ。感情で秩序は維持できないのだから」

「不愉快だ」

「私は彼女の身柄を無下にしない。現王政やナターリア嬢の父のような事はしないと誓う」

現王政と私の父がなにをしたというのか、挟まれた疑問に問いかけようとした刹那。

デイトナ殿下が立ち上がり、私へと頭を下げた。

「君を強引に連行しようとした事は謝罪する。だが私には君が必要だったと分かってくれないか」

「私に、他国を侵略する協力をしろと本気で言っているのですか」

「もちろん君の気持ちは理解できる、他国侵略を君の手で行えとは言わない」

その言葉に一瞬疑問を抱き、私が黙り込む。

それが付け入る隙と踏んだのか、デイトナ殿下は声を大きくして、身を乗り出した。

「君に多くは求めない。ただ君の魔力を継いだ子を数人作り、王家で引き取らせてほしい。そして国家の力を盤石なものとするまで協力してくれ」

子供を作れという提案に思わず身を竦めるが、デイトナ殿下の目は真剣だった。

「君には暫しの間のみ、私の妾《めかけ》として子を儲けてほしい。それが終われば自由を約束する」

「っ!!　なにを言って……」

「失礼は承知だ。しかしもう時間は残っていない。リカルド辺境伯が亡くなれば、どうやって民の安寧を確保する？　未来に待つ悲惨な現実を避けるため、私は王として判断をしている！」

「貴方との子を産むなど、私は受け入れられません！」

「王家の子が力を持ち、国家が安泰となれば数百年もの平和が実現し、万の命を救える。君を決して無下に扱う事はしないと約束する。だから頼む！」

今後、私が協力せずに魔物の脅威が迫る未来か、私が殿下の子を産む未来か。

最悪な二択を迫って、デイトナ殿下は手を差し伸べた。

「私はこれが正義だと信じている。この先の未来で万の犠牲を回避するために君が必要なんだ！」

「黙れ……貴様」

声を遮り、殿下の首を掴み上げたのはリカルド様だった。

彼は唇を噛み締めて、今にも殺してしまいそうな勢いで殿下を地面に組み伏せる。

「もういい、ここで首ごとへし折る。低俗な話に付き合うつもりもない」

「私だってこれが酷い案だと分かっている！　だが、これしかないだろう!?　今はいい、だが貴方が死んだ後はどうする!?　万人の民と個人の犠牲ではどちらが最善かなど、身を挺《てい》して民を守っている貴方が一番分かっているはずだ！」

「黙れ。彼女は俺の妻だ。誰にも渡さない、触れさせない」

デイトナ殿下は首を掴まれながら、私へと必死に手を伸ばす。

「分かってくれ！　ナターリア嬢。このままの未来で犠牲になるのは民だ！　ならば共にあらがってくれ。これは力を持つ君の宿命のはずだ！」

問われる言葉に、私の答えはすでに決まっていた。

「デイトナ殿下……私は貴方の提案には同意できません」

いくら綺麗事を言われても、私が犠牲になる選択などしない。

そもそも殿下の提案は、決して最善ではないのだから。

「なぜ断る。君は万人が死んでもいいというのか？」

「いいえ。私が犠牲になるよりも良い案があるからです」

「何を言っている、そんなものがあるわけ――」

「私の魔法に大きな力があるなら、そもそも魔物が人を襲わぬようにできるはずです」

「なっ……」

私の言葉にデイトナ殿下は分かりやすく動揺を示した。

傍から聞けば理想論だ。強い魔力があるなら防衛、もしくは侵略のほうが手っ取り早いだろう。

だから王家では選択肢に浮かべないだろうが、私は自らの考えが最善だと思う根拠があった。

「貴方の言う通りにして他国を侵略しても、新たな火種による犠牲が起きるだけ。それは貴方の危惧する魔物より脅威のはずです」

「そんなはずは……」

「だから私は魔法学を学び続けて……共に暮らす辺境伯領の皆を救う道を模索します」

デイトナ殿下は私の言葉に青筋を浮かべて、拳を地面に叩きつけた。

「理想論に付き合っていられない。頼むから分かってくれ、父である現国王はすでに君の力を知り、王国軍を総動員してまで君の身柄を押さえる気だ。このままでは止められない」

「それでは私の言葉が理想論かどうか、今から判断してみてはいかがでしょうか」

「……は？」

私は窓際へと歩き、カーテンを開く。

窓から見えるのは、芝生が生える広い王城の庭園だ。

「なにをする気だ……」

「貴方も知っているでしょう？　私の魔法で出来る事は無限。固定概念を覆す力があると」

微笑みながら、私は魔力を集中する。

「モーセさんが名付けてくれた『豊穣の魔力』。この魔法の可能性を私は信じます」

現王政が王国軍を総動員しているのなら、それを防いで証明してみせよう。

私の魔力には、理想を語るに足る力があるということを。

カシャンッと、音が鳴る。

「なにを……して？」と呟いたデイトナ殿下の声が、続く音にかき消されていく。

カシャン！　ガシャ！　ガシャ！　ガシャ！

音が響き始めて、金属音が鳴り響く。

まるで鉄の雨が降るように、私の魔力の集中に合わせて音が止まずに溢れていた。

「さぁ、どうぞ。見てください」

窓際へと走ったデイトナ殿下が、外の光景に目を大きく見開く。

先程まで何もなかった場所に、剣や弓矢が山となって積もっているのだ。

思い描いた通りの光景に私は薄く微笑み、デイトナ殿下を見つめた。

「王国軍が戦うために必要な武器類を全て回収させてもらいました」

流石《さすが》に意識が途切れそうな程に魔力を使ったけど、成功して良かった。

デイトナ殿下は信じられないという面持ちで庭と私に視線をふらつかせる。

「こんな、事が……これが、初代王家の魔力なのか」

「これでも、私の言っている事が理想論だと言うのですか？」

かっこつけて言いたかったが、流石《さすが》に魔力を使い過ぎてふらつく。

それを庇うように、リカルド様が抱きしめてくれた。

「……流石《さすが》だな。ナターリア」

「あはは、リカルド様を呼んだ時を思い出して……少し頑張ってみました」

「無理はするな。それだけは君にはさせない」

まったく、今まで無理しまくっていた人がそれを言いますか。

なんて言おうとしたけれど、笑う私の髪を撫でてくれるリカルド様に今は頷いておく。

それから背筋を伸ばして、再びデイトナ殿下に向かって言った。

「もう一度言います。デイトナ殿下、魔物が人を襲わぬようにする事がこの魔力なら実現できるかもしれない。これでも貴方はまだ、その未来はただの理想論だと言うのですか？」

先程と同じ問いかけを、デイトナ殿下へと述べた。

「先程、声高々と言っていたではないですか。万の犠牲を生まないのが貴方の正義だとね。貴方の信念が本当に民のためならば答えは一つのはずです」

「それほど不確定なものには……限界だってあるはずだ！」

デイトナ殿下はまだ認めないのか、歯を噛み締めて拳を握った。

彼が伝えたい信念は確かにあるのだろう。

民のため、国を想っての行動であることも、きっと嘘ではない。

でも、私にとっては間違いで許しがたいものだ。やはり受け入れる事は出来ない。

「この国のためにも、君の力は王家が管理する。理想で人は救えない！」

「理想を叶えるために学ぶのです。現に私はリカルド様のために学び、彼を癒しました」

私の言葉にデイトナ殿下は顔を上げ、答えを求めた視線にリカルド様が頷く。

「そして大好きな家族……ルウ達の暮らす辺境伯領のためなら私はもっと頑張れます」

「……」

「人を犠牲にする未来ではなく、より良き未来のために研鑽《けんさん》を積む。これこそが学びの本質です」

私が辺境伯領で学びの道を選んだ事は、こうして巡り巡って良き未来を示す指標となる。

この選択が無駄ではないと証明するために、これからも学んでいくだけだ。

「できるのか……本当に」

「ナターリアは然るべき道を示した。お前は最善を尽くせ」

「っ!!」

デイトナ殿下が歯を食いしばる。リカルド様はさらに言葉を続けた。

「お前が犯した罪を白状し、ナターリアの嫌疑を晴らせ。お前や現王政には貴族達から然るべき処罰が下されるはずだ。言い逃れなど考えずに全て受け入れ、ナターリアの足を引っ張るな」

「っ………そうだ、な」

デイトナ殿下は立ち上がり、私を見つめて頭を下げた。

「もう遅いだろうが、度重なる非礼について謝罪をさせてほしい。……そして、詫びにもならないが、君にかけてしまった嫌疑を拭うと誓おう。私が罪を認め、処罰を受ける」

殿下の殊勝な受け答えに、リカルド様が言葉を続けた。

「現王政はどうする気だ？　王国軍を動員する程にナターリアの力に執着しているのだろう」

「大丈夫だ、辺境伯殿。過去の罪を私が証言すれば、現王政は私もろとも崩壊するさ」

「過去の罪？」

デイトナ殿下が証言した言葉に問い返せば、彼は肩をすくめて答える。

「先程少し話した、君の父も関係する話だ」

「父――フォンドの事ですか？」

「あぁ、君の父は現国王からの指示を受けた結果、ティアという女性を自殺に追いやってしまったと聞いている」

その言葉に目を見開いた。

父とティアという女性には関係があると聞いていたが、そんなことがあったなんて。

デイトナ殿下が私を見つめる表情は真剣であり、とても嘘には思えない。

「お父様が、そんなことを？」

「ああ、彼が研究していた魔物を遠ざける魔法技術のため、ティアを利用したと聞いている」

父は本当に現王政の指示で、初代王家の魔力を持つティアさんを自殺にまで追いやったの？

しかしそれなら、私の中には強烈な違和感が残る。

なにかがおかしいのだ。

私が眉根を寄せる横で、デイトナ殿下はちらりと庭を見つめた。

「ずっと人のために研究を重ねたフォンド子爵でさえ、理想ではなく現実的な道を選んだ。君の行く、理想を求める道はきっと険しいが——過去を超えていけるのだと、私は君達に賭けるよ」

父が現実的な未来のために、王家の命令でティアさんを犠牲にした？

それなら赤子であった私を育てて、わざわざ手間をかけて魔力を妹に移した理由はなに。

妹に継がれた初代王家の魔力はその特異性が消えてしまい、決して得などない。

あれ……消える？

「あぁ……そうか」

この違和感と疑問に、私は一つの答えを導きだした。

気付いた末に漏れ出た言葉に、デイトナ殿下は首を傾げる。

「どうした、心配しなくていい。私は君を信じている。フォンド子爵のような結果にならぬはずだ」

「いえ、違うのです。もしかしたらあまりにも都合のいい考え方かもしれませんが。お父様は……現王政も私達すらも欺《あざむ》いて、私を守る気だったのかもしれないと思ったのです」

馬鹿げた考えかもしれない。

でも、私の胸の中で、ある物語が展開されていくにつれて、どうもしっくり来てしまった。

「辺境伯領に帰って父に直接聞きます。ただ私が思っていたより、父は人でなしではなかったのかもしれない」

「それは、私が詮索すべき事ではなさそうだ。真実は君が聞くべきなのだろう」

デイトナ殿下は憑き物が落ちたような表情で笑って、部屋の扉を開いた。

「これから私は王太子の座を落ち、父の汚名を声高に叫び続けよう。もう今の暮らしは全て消えるだろうが……君が言った理想が叶う未来の足を引っ張らぬため、自らの行いを償《つぐな》うと誓う」

リカルド様がデイトナ殿下の顔を見て、小さく呟いた。

「これから俺や公爵家を含め、多くの知恵者と共に話し合い、国の未来を決めていく」

「……頼みます。最後に改めて謝罪を。どうかこの国をより良き未来となる事を願っている」

応接室からデイトナ殿下は出て行った。

きっと殿下の未来は明るくない。

しかし自らの望む未来のために、贖罪《しょくざい》の道を歩むと決めたのだろう。

行動は許せないけれど、最後まで民を想う信条には、別の道があったのかもしれない。

たられば を話しても仕方がない。殿下との問題を終えた今、最後に残るのは……

「後は、ヴィクターとの離婚を果たすだけです」

「あぁ、いくぞ、ナターリア」

後はもう、ヴィクター達との間に残された問題を終わらせるだけだ。

「リカルド様、離婚を終えたら、すぐに帰りましょうね」

「あぁ、さっさと帰ろう。皆のもとへ」

「はい、ルウやモーセさん。みんなが待つ私達の居場所にはやく帰りたいです」

もう今から、ルウ達に会うのが楽しみだ。

そんな私の高揚と共に、リカルド様が私の手を握って指を絡めた。

「行くぞ、君はもう俺のものだ」

「はい。リカルド様」

「リカルドでいい。ナターリアだけは……それでいい」

「ありがとう……リカルド」

笑みを浮かべたリカルドの手を取り、最後の問題を終わらせに行こう。

ルウが待ってくれている私達の居場所へ帰るために。

# 彼女が居ない生活・五　シャイラside

『王太子殿下主催の式典に、母と共に来てほしい。大事な話がある』

今朝突然届いた、差出人がヴィクターの手紙。

大事な話があるって、学園退学まで決まって絶望的なのに何を話すというの。

でも、ヴィクターの母にも同様に手紙は届いていたようで、半ば強制的に王城まで連れてこられてしまった。

私が今まで参加してきた社交界の中で一番豪奢な会場で、参加する方々も高位貴族ばかりだった。

そんな素敵な会場に来てほしいと、ヴィクターから聞いてきたのに……

「ええ……だから息子が離婚を願った所を、ナターリアが拒《こば》んで失踪したのですよ」

「ですが。妊娠は流石《さすが》に擁護できないのでは？」

「いえ、聞いてください。あの子はしっかりと話し合い、問題なく離婚を進めようとして」

義母様は、周囲の貴族にお姉様の悪口を話していた。

止めてほしいと言ったけれど、クロエル伯爵家が存続するためには必要なのだと聞いてくれない。

自己弁護のように、ナターリアお姉様が悪いという話を続ける義母様にはうんざりする。

「なにより、学園を退学した情けない妻だったの。自分の立場を守るために必死だったのよ」

義母様の声に、胸がチクリと痛む。

私も同じように学園を退学となったとは、まだ話していない。

義母様がお姉様を蔑む言葉は、いずれ私が受ける言葉だ。それが今から怖い。

「……」

どうしてこうなったのだろう。

ヴィクターを初めて見た時、彼と仲良くなれば大好きなお姉様に会えると思って話しかけた。

話すうちに彼の凛々しさを見て、好きという感情が芽生え始めたのは確かだ。

ヴィクターも同じ感情を抱いてくれていて、嬉しくて身体を重ねた。

結果として妊娠してしまったけれど、私は楽観的だった。

優しいお姉様ならきっと私を護ってくれる、正妻の座を退いて私と子供を大切にしてくれる。

だって、幼き頃から過ごしたお姉様はあんなに私を大切にしてくれていたもの。

なのに……。

『私はもうシャイラと一緒に暮らす気も、世話をする気もないの』

お姉様は冷たく私を突き放した。こんなに悲しい事はない。

いつだってなんだって叶えてくれていたのに、まるで裏切られたような気分だ。

「でも今は……少しだけお姉様の事。分かった気がするよ」

義母に押し付けられそうになった領主業や、ヴィクターに失望される気持ち。

家族以外と接してこなかった私は、誰かと深く接するようになってようやく理解した。

誰かのために身を犠牲にするのは、とても辛い事なんだと。

お父様の言いつけを盲信していた自分が情けない。

「……義母様、少し外に出てきます」

「シャイラさん？　どうしたの、貴方からもナターリアが恩知らずだと伝えてちょうだい」

義母様には答えず、その場を離れてテラスに出る。

夜風に当たると、自然と抑えていた涙がこぼれていく。

私が悪かったのかな？

今までお父様の言う通りに、お姉様は私を愛してくれていると思っていた。

でもそれが違っていて、私が先程義母に抱いた感情を、お姉様が私にも思っていたなら。

「私……怖いよ」

大好きだったお姉様に嫌われているかもしれないのが、たまらなく恐ろしい。

同時に今までの自らの行いを思い出して、後悔が胸を締め付ける。

甘えれば愛されると思っていた自分が、ただただ恥ずかしくて……

まだ愛されているなんて思えるほど、楽観的ではいられなかった。

「シャイラ、ここに居たのか」

「っ!?　ヴィクター」

涙を流していた私の背を叩いたのは、ヴィクターだった。

「っ、泣いているのか？」

「ごめん、なんでもないよ。もうすぐ母親になるのに、泣いてちゃ駄目だよね」

涙を拭きながら、話を逸らすようにヴィクターへ呼んだ理由を尋ねた。

「君に来てもらったのは、これからナターリアと会うためだ」

「え⁉　お姉様が来ているの？　本当に？」

「あぁ、その上で君からもナターリアを説得してくれ。僕ら家族のためにも戻って来いと」

その『家族』にお姉様が含まれていないのに、説得なんて出来るとは思えない。

でも私はヴィクターに手を引かれて、抵抗もなく歩き出す。

このまま私は情けなくも姉に縋《すが》っていいのだろうか。

『お願い』だから戻って来てほしいなどと……言ってもいいのかな。

罪を自覚した私の心には、小さな迷いが生まれていた。

◇◇◇

辿り着いたのは、会場から少し離れた人気《ひとけ》もない場所。

そこに私とヴィクター、そして義母様が立っていると……遠くから歩く音が近づいてくる。

顔を上げれば、王城廊下の燭台の明かりに照らされる金色の髪が見えた。

結わえた三つ編みがふわりと揺れ、まるで別人のような笑みを浮かべる姿。

いつも見ていたはずなのに、知らない誰かのように見える。でもそれは確かにお姉様だった。

「お……お姉様……」

お姉様の隣に居るのは、目を引くほどの美麗な男性だ。

絹糸のように輝く銀髪と満月のような琥珀《こはく》色の瞳。整った顔立ちだが、表情から感情は一切読み取れない。

だけどその男性がお姉様を見つめた時だけは、ふわりと微笑むのが見える。

私は即座に分かった、あの人はお姉様を愛している。

そして反応を見るにお姉様も……

二人は私達の前に立った。そして、ナターリアお姉様が口を開く。

「では、離婚をしましょうか。ヴィクター」

久々に聞いたお姉様の凛とした声だ。だけど以前までの慈愛はそこに感じられない。

お姉様はヴィクターへと紙を投げる。彼が拾ったそれは、新たな離婚申請書だった。

「以前と同じです。私のサインは済ませてあります」

「ナターリア……は、話をしたい」

「しません」

「待ってくれ、今は母だって君を認めてくれるはずだ。話をすればちゃんと……」

意見を吐露するヴィクターに、お姉様はキッパリと答えた。

「いい大人なら、自分で判断しなさい」

「……っ」

「私が望むのは離婚だけ。……貴方達だって望んでいたはずよ」

「君が居なくなって分かったんだ、僕がどれだけ支えられていたのかを……」

「今さら、私になにを求めようとしているの？」

「ぼ、僕はもう一度、君とやり直したい。今度こそ母ではなく君の言葉を聞く！」

「ヴィクター、もう遅いの。そんな言葉を聞くために話をする気はない」

毅然と断り、一切の譲歩も見せぬお姉様にヴィクターは地面に膝を突く。

それを見ていた義母様は焦った様子で、お姉様へと駆け寄った。

「なにが不満なの？　この子は殿下の護衛騎士で将来も安泰なのに……」

その言葉に、お姉様は眉を寄せて義母様を見つめた。

「ミラリア様。知らないのですか？　ヴィクターは王家騎士団を解任される寸前です」

「え……」

「ついでに言えば不倫をした彼は、クロエル伯爵家という身分も失います。王太子殿下も後ろ盾にはなりませんよ。今しがた、その罪をご自分で貴族達に公表なさっておりましたから」

「ヴィ、ヴィクター。ほ、本当に？　本当なの？」

私も知らぬ事実であり、とても信じられなかったけれど……ヴィクターの言い淀《よど》んでいる姿に真実味が増していく。それを見た義母様が彼の頬を叩いて、怨嗟を感じる怒声を響かせた。

「どうしてそんな事になったの!!　ここまで貴方を育てるのに私がどれだけ苦労したと……」

「か、母さんのせいじゃないか。ナターリアをみっともないと蔑み、彼女との仲がこじれて……こんな最悪な事になったんだ。僕はシャイラを迎えて家庭を円満にするため、頑張っていたのに」

「私のせいにするというの？　心から貴方のためを思っての助言だったのよ？」

ヴィクターと、義母様の言い合いが加熱する中、お姉様が手を叩いてそれをやめさせた。

「言い合いの前に、まずは離婚申請書にサインを」

「待ってくれ。まだ話は終わっていな――」

「早くしろ。彼女はもう……俺の家族だ」

ためらったヴィクターの襟首を掴んだのは、お姉様の傍にいた男性だった。

無表情なのに怒気が伝わってきて、その威圧感にヴィクターが怯えた。

「い、嫌だ……ナターリア！　君がいない僕らはどうなる？」

「嘆いても話し合う気はありません。もう変わらないの」

「嫌だ、君が居なくなってから支えられていたと気付けたのに、もう取り戻せないのか？」

嘆くヴィクターを見て、私も思わず声を出した。

「お姉様！　どうして私達を遠ざけるの。私をもう……愛してくれないの？」

「……」

「嫌いだったの？　私の事が大切なら、守ってよ。傍に居てよ、お願いだから！」

情けない言葉を出しているなんて自覚しているけれど、止められなかった。

お父様の言う通りに、お姉様は私を愛してくれていると信じたい。

そんな最後の望みを尋ねるように、お姉様を呼ぶ。

「お願い、お姉様……お願い、私はお姉様がいないと怖いよ……」

私はお姉様が大好きで、愛されていると安心感があった。

でも本当は嫌われていたのかもしれない、その疑念への答えを求めてしまうのだ。

そしてお姉様は迷うことなく、答えを返した。

「貴方はこれから一人の母親になるのだから、私を犠牲にする生き方はやめなさい」

「っ‼　お姉様……」

もう頼るなと言われて、私はそれ以上の言葉を出せなかった。

お姉様は三つ編みを揺らして、私とヴィクターへと蒼色の瞳を向けた。

「私の人生は私だけのもの。もう犠牲にしたくないの」

その言葉が答えだと、やっと気付いた。

やはり私はお姉様の人生を犠牲にしていた一人で、愛情なんてもらう立場じゃない。

傷つけてきたのは、ずっと、ずっと私達だったんだ。

「ナターリア……僕は……僕は」

嘆くヴィクターだったが、私は彼の手を握る。

「シャイラ？」

「ヴィクター、お姉様と離婚してください」

「ど、どうしてだ。このままじゃ僕らの人生はどうなる？　家族の皆が不幸になるんだぞ？」

「それならお姉様の人生はどうなるの⁉　私はもう、お姉様に嫌われるのは嫌だよ……怖いの。もう大好きなお姉様を苦しめる妹でいたくない」

私の言葉に、お姉様が驚いた表情を見せた気がした。

でも、こんな事で許してもらえるはずもないと、私自身が誰よりも自覚している。

「ヴィクター、離婚を受け入れて。もうお姉様を苦しめないで、これは私と貴方の愚かさゆえの結果なの。……私は今度こそちゃんと頼らず生きていくから」

「……シャイラ」

ヴィクターは動揺した様子になったが、私と視線を合わせて、諦めたように俯いた。

共に苦しくても付き添うと、私の覚悟を示した事が伝わったのかは分からない。

それでも彼は私の望み通りに、離婚申請書へと名前を記した。お姉様はそれを受け取って、ようやく幸福そうな笑みを見せる。

「確かにこれで離婚を終えました。さようなら、皆様」

「本当にいいのね、ナターリアさん。貴方は後悔しないのね」

ここにきて義母様が苦し紛れのような言葉を吐くが、お姉様は屈託のない笑みを浮かべた。

「ええ、貴方達から離れた今は……思った以上に幸せですから」

今まで見たこともない明るい笑みに、去っていくお姉様を引き止めるなんて出来なかった。

出て行った時のお姉様はたった一人きり、どれほどの勇気で踏み出したのだろう。

その先で誇れる幸せを手に入れたお姉様が、今はただただ羨ましかった。

今の私はあの時のお姉様と同じで全てを失った、でも勇気なんてなくて怖くて仕方ない。

どう生きていけばいいのか、尋ねる姉は居なくなり、ただ不安で涙がこぼれていく。

私達は無言のまま、その場から逃げるように会場を離れた。


「はは……間違えたんだな、僕は」

屋敷に戻ってくれば、ヴィクターが呟いた。

後悔か、諦めか分からない笑みを浮かべる彼と、壁越しに叫び声が聞こえた。

「あぁ――!! なんでぇ……私の息子が騎士団を追い出されるの、自慢の子がぁぁ」

義母様の嘆き声、ヴィクターへの失望の声だ。それを聞いて、ヴィクターは苦笑した。

「今まで女手一つで育ててくれた母に、こんな結果を与えてしまうなんてな」

「ヴィクター……」

「母が悪いと責めた時の、傷付いた表情が瞼の裏から離れないんだ。自分が情けなくて嫌になる」

ヴィクターが吐露した気持ちに、私はどう寄り添えばいいのか分からない。今まではずっと、甘えてもたれかかるばかりだった。せめて、と思い、熱の時にお姉様がしてくれたように背中をさする。

彼は一瞬目を見開いて、ぽろりと涙をこぼした。

「僕には後悔しかない。ナターリアのおかげで今までの地位を築けていたのに、僕は結局最後まで母や誰かの言いなりだったんだから」

自ら決断できなかった事を悔やむ姿に、何度も頷く。

私も同じだ、結局お姉様に全てを委《ゆだ》ねていた人生で、依存先を失った私達には後悔しかない。

それでも、私の頭に浮かぶ答えは一つだけだった。

『いい大人なら、自分で判断しなさい』

離婚する際にお姉様が言った通り、私達はこれから自分で考えて判断すべきだ。

もう手遅れだけど、後悔だけが胸を満たすけれど……

「ヴィクター……私、お姉様に謝りたい」

「……え？」

「お姉様に嫌われてるって、やっと分かったの。なのに私達は謝れてもいない」

話しながら、ぐすぐすと涙を流してしまう。

けれど私が伝える気持ちは、きっとヴィクターにとっても同じだと信じて話し続ける。

「シャイラはお姉様に謝りたいの。今までの事、ちゃんと謝りたい……」

「無駄だよ。許しを求めて、なんになる？　ナターリアが許してくれるはずないだろ？」

「それでもいい。許してほしいわけじゃないの。シャイラは今までのことを謝りたいだけ。そうしないとお姉様に酷い事をした後悔で、なにも考えられない。ちゃんと前を向きたいの」

「……僕だって同じ気持ちだ。だけど拒絶されるだけに決まってる」

目を赤くしたヴィクターがぼんやりとそう言う。

彼の言う通り、きっと私達の反省の言葉などお姉様には迷惑でしかないと思う。

それでも今は自分で判断して、せめて贖罪《しょくざい》をするために足掻きたい。

そう言い続けると、ヴィクターは自らの手を見つめた。

「君は凄いな。僕はまだ……自分で決めるのが怖くて手が震えるよ。自らの行為でさらに後悔するのが怖くて仕方ない。誰にも頼れないのは、こんなに辛いんだな」

私も一緒だ。ヴィクターに向かってこくんと頷くと、彼は私の胸元にもたれかかった。

「でも、そうやって判断を委《ゆだ》ねた結果。僕はずっと母に依存してしまった、母もきっと僕の期待に応えようと必死だったんだ。結局……自ら判断もできずにこんな結果を招いたのは僕自身だった」

私も同じだ、ちゃんとお姉様と向きあっていればと、今も後悔が止まらない。

私にもたれる彼の頭をそっと押して、視線を合わせる。

「だからこそ、もう遅いけど自分で決断をしようよ。ヴィクター」

「ナターリアに迷惑だと思われてもいいのか？　僕らが行けば拒絶されるだけだ」

「それでもちゃんと謝りたいの。シャイラが悪い事をしたって、やっと分かったから」

私の言葉に、ヴィクターはまだ迷っていた。

だけど、彼は部屋の戸棚に置かれていたボロボロの手袋を手に取る。確かお姉様が彼に贈ってあげた手袋だと聞いている。それを見つめた彼は小さく頷いた。

「確かに僕は彼女に多くをもらったのに、お礼もできていない。本当に……情けないな」

「ヴィクター？」

「分かったよ。シャイラ、ナターリアのもとへ行こうか」

「っ!!　いいの？」

「あぁ、行こう。僕も謝罪したい。そして、せめて感謝ぐらいは返したいんだ」

この決断に不思議と迷いはないのは、互いに選んで、決断した事だからかもしれない。

「シャイラ、出る前に少し母さんに会いに行くよ」

「大丈夫？」

「あぁ、ちゃんと向きあう。でも、ついてきてくれないか」

ヴィクターは私の手を取り、義母様の待つ部屋へと入った。

すっかり憔悴して放心状態の義母様は、私達が部屋に入ってきても視線も向けない。

「あの人が亡くなってから、私があの子のために頑張って……でも、それは失敗で……」

「母さん、ごめん」

ヴィクターは義母様の肩を支えて、優しく抱きしめる。

「もう大丈夫だから。もう母さんに頼らずに済むように生きていくよ」

「……」

「これからは、母さんに負担をかけないように頑張るから」

憔悴していた義母様は心が壊れてしまったように、黙ったまま視線すら動かさない。

ヴィクターは涙を拭きながら、再び私を見つめた。

「行こうか……シャイラ」

「うん」

これから私達はナターリアお姉様のもとへ謝罪に向かうが、許されるなんて思っていない。

むしろ胸のうちにある後悔を晴らすためで、身勝手な理由での謝罪だ。

ただそれでも私達は前に進むために、この後悔と贖罪《しょくざい》の気持ちを伝えたかった。

## 第八章　想いに応える

ついに離婚を果たした今、もう憂いはなく王城を後にする。

久方ぶりのドレスを身に纏《まと》い馬車へと向かう私の肩を、リカルドがそっと叩いた。

「リカルド？」

「もういいか？　手……繋ぎたい」

そう問われて、私は微笑む。晴れて自由になったのだから我慢する必要なんてどこにもなかった。

「ええ、繋ぎましょうか、リカルド」

「っ!!」

そっと名前を呼ぶと、リカルドが嬉しそうに微笑む。琥珀《こはく》色の瞳がキラキラと輝くのを見て、声を上げて笑ってしまった。

「ふふ……そんなに嬉しいのですか」

「ん」

指を絡めれば、リカルドは返すようにギュッと手に力を込める。

優しいのに、離さないというような力強さに心癒された。

「これで……ずっと傍に居られるな」

低い声が鼓膜を揺らし、まっすぐな視線にどきりとする。

実際に彼の愛に応えられる立場になると、こんなに緊張するとは。

リカルドが嬉しそうに私の手を握りながら、馬車の中へエスコートする。

それから私達は辺境伯領に帰る馬車に揺られ続けた。


数日間の馬車旅の末、近づいてくる見慣れた風景に気持ちが自然と高揚していく。

「帰ってきましたよ……リカルド」

「あぁ」

地平線に広がる、美しい防壁と、その近くに建つ家々。

十日にも満たない日々しか離れていないのに、見えた光景にもう懐かしさを感じた。

それだけ私の中で、この場所が愛しいものになっているようだ。

すでに離婚を終え、王家にかけられた私の疑いは潔白を証明した。

後はもうなんの憂いもなく、この辺境伯領で過ごしていけるのが堪らなく嬉しい。

ルウに早く会いたいと思っていると、辺境伯邸の近くにある広場でリカルドが馬車を停めさせた。

なぜかと思えば、馬車のもとへと兵士達が集まっていたからのようだ。

辺境伯邸の近くという事もあり、家令のジェイクさんも邸から出てきて出迎えてくれた。

「リカルド様！　まさか今日お帰りだとは……ご帰還を嬉しく思います」

飛び交う帰還を祝う声の中、リカルドに手を取られながら馬車を降りる。

リカルドは嬉しそうな表情で周囲に声をかけた。

「皆、苦労をかけた。ジェイクも留守を任せてすまない」

「いえ、私はなにも……ただ兵士の皆には、どうか労いの言葉をかけてあげてください。魔物の襲撃が幾度かありましたから」

魔物と聞いて、私は思わず警戒心を抱いてしまう。

リカルドも同様に眉を顰《ひそ》めて、ジェイクさんへ問いかけた。

「全員無事か？」

「はい、ナターリア様に頂いていた手袋を使った精鋭達のおかげで死者は出ておりません」

そう言ったジェイクさんが、私へと視線を移して頭を下げた。

「ナターリア様、改めて感謝いたします。皆の手での辺境伯領の平和実現に手が届いたのです」

「ジェイクさん、良かったです。私もこれからは出来る限りの協力をさせてください」

私の問題は全て解決したが、デイトナ殿下が言っていた通りに魔物の脅威は未だに残っている。

ずっとこの辺境伯領で暮らしていくためにも、私の力を有効活用していくのは変わらない。

それが自由に暮らすための責務で、共に暮らしていくためでもあるのだから。

改めて覚悟を決めていると、リカルドの周りに数人の医者がやってきた。

「さてリカルド様。まずは定期健診を受けていただきます」

「ジェイク、俺は大丈夫だと言っていたはずだ」

「いえ、そうはいきません。貴方の身体はお医者様から限界だと言われているのです。だから今度は私達に頼ってください。もうリカルド様が無理せずとも良いのですから」

ジェイクさんは心から嬉しそうに、感極まった表情を浮かべている。

仕えている主に負担をかけずに済む、その安心感は大きいのだろう。

今まで見た中で一番の笑顔で、それに押されてリカルドも健診を素直に受け入れた。

「リカルド様、そんな訳で一度屋敷に戻って健診を受けていただきますね」

「……分かった」

そう言って、リカルドがちらりと私を見る。

その視線に含まれた意図をくみ取って、私は頷き返した。

「はい、ルウと会ってからすぐに行きますね。待っていてくださいね」

「うん。またこれ……頼む」

そう言って彼が見せたのは、腕に貼ってあるウサギ柄の絆創膏《ばんそうこう》。

まだ貼っていたのかと驚いたけれど、大切そうにしている表情に微笑みで返す。

「いっぱい持ってきますから。ルウとのお揃いにしましょうね」

「あぁ、ルウはきっと寂しがってる。会ってやってくれ。君の父との面会はその後で取り計らう」

「はい！」

辺境伯領の問題も、彼の身体も私の魔力なら解決できるはずだ。

そのために学び続けて理想を現実にしていこう。彼が先に亡くなる未来なんて嫌だから。

「ナターリア様、よろしければ馬車を学び舎《や》まで走らせますか？」

御者の提案に、私は首を横に振る。

「いえ、ここからなら裏道を通った方が早いので走っていきますね」

私は早足で学び舎《や》に向かう。

いつもルウと手を繋いでいた通学路を通るのは、日常を取り戻していくようだ。

「見えた……」

学び舎《や》が見えて心が弾む。

ここに来てから私の自由な生活は始まり、幸せな居場所を手に出来た。

楽しい日々を作ってくれたのは、友達になってくれたあの子のおかげで……

「っ!!　いた」

学び舎《や》の窓、授業の合間なのか他の生徒達が遊んでいる中。

モーセさんの膝上に座って、どこか元気がなさそうに俯いているルウの姿が見えた。

「ルウ！」

呼びかけた瞬間、ルウがバッと顔を上げてこちらを見つめた。

途端に、あの子は涙を浮かべて走り出した。

「ナ、ナーちゃん！」

走ってきたあの子は、私へと駆け寄って抱きついてくれた。

寂しかったのだろう、今まで見た事ないほどに泣いて、ギュッと小さな手が私の服を掴む。

「……さびしかった。るうね、さびしかったの」

「またせてごめんね、ルウ」

「ナーちゃん、おててつないで」

言われた通りに手を繋ぐと、小さな指が私の指を掴む。

そうすれば私が帰ってきた実感が湧いたのか、ルウはさらに大粒の涙をこぼした。

「ナーちゃん、かえってきてくれて。うれしい」

「私もだよ、ルウ」

「ぎゅっして。ナーちゃん……そしたらルウ、もうさびしくないから」

「うん」

ぎゅっと抱きしめれば、ルウは泣きながらも顔をほころばせてくれる。

あぁ、戻ってきたんだ。その実感が今になって胸に押し寄せてくる。

「えへへ、ナーちゃん……ルウといっしょに泣いてる。ルウが拭いてあげるね」

耐えられるはずがない、ようやく自由になった身でルウを抱きしめられるのだから。

泣いている私達の背を、モーセさんが優しく叩いた。

「よく無事に帰ってきてくれた、頑張ったのう」

「モーセ……さん」

「ルウ坊もずっと寂しくて泣いておったぞ。これからも一緒にいてやってくれな」

「はい。はい……」

こんなに安心感に包まれるのは、いつ振りだろう。

気張っていた精神が解けていくように安らいでいく。

「ナーちゃん。おかえりなさい！」

「ただいま、ルウ。帰ってこられて、本当によかった……」

「えへへ、これからはずっといっしょにいてね。だいすきなナーちゃん」

ルウの言葉を受け取りながら、涙が止まらずにポロポロと流れていく。

この幸せな日常に戻ってこられて、本当に良かった。


ルウとの再会を果たし、その日は共に過ごす事にした。

帰ってきたらいっぱい遊ぶ約束をしていたから、それを反故《ほご》にせずに鬼ごっこや、かくれんぼなどのルウのやりたい遊びをやり尽くしていると、もうすっかり夕刻になってしまった。

「ルウ、そろそろ帰ろうか？」

「やだ……もっとナーちゃんといっしょがいいの！　ルウといっしょやだ？」

「でも、もう遅い時間だから」

「もっといっしょにいたいって言ったら。ナーちゃん、おこる？」

怒る訳がない。それどころか、むしろルウが珍しくワガママを言う姿が可愛らしい。

よほど寂しい想いをさせてしまっていたのだろうな、と私はルウの隣にしゃがみこんだ。

「ルウ、これからはずっと一緒だから、大丈夫だよ」

「ほんと？　もう、どこかいかない？」

「うん。ルウと一緒に学び舎《や》で勉強したいから、むしろ私から一緒に居てほしいな」

そう言うと、ルウは安心したのか、ようやく笑って帰り道へと歩き出してくれる。

「じゃあかえる！　ナーちゃん、おてて！」

「今日は抱っこしてあげるよ。どっちがいい？」

「やた！　だっこがいい！　ナーちゃん」

ルウを抱っこすると、久しぶりなせいか以前よりも重みを感じる。

「ルウ、おっきくなった？」

「えへへ、ルウね。ちょっとだけ身長のびたよ」

「ふふ、そのうち追い越されるかもね」

「ルウがおっきくなったらね、ナーちゃんを抱っこしてあげる。たかいたかいもするの」

「楽しみだね、待ってるよ。ルウ」

他愛ない会話をしていると、ルウは私に抱きつきながら腕の中で船を漕ぎはじめる。

揺れが心地よいのかな。いやこれは遊び疲れたのだろうな。

「これから、また一緒だからね。ルウ」

「……やた」

「ふふ」

リカルドの待つ屋敷に着いて、眠るルウを部屋まで連れていって寝台で寝かせてあげる。

辺境伯領の使用人の方々も、私が帰って来てくれた事を喜んでくれた。

「最近のルウ様はいつも、早朝にナターリア様の家に行っておられたのです」

「ナターリア様が居ないと、泣きながら帰って来る日々でしたよ」

ルウが寂しがっていた事を知ると、自然と瞳が潤んでしまう。

明日は絶対に私から迎えに行こう。

ここを故郷のように思えたのも、友達になってくれたルウのおかげだ。

もう寂しい思いはさせないと決意しながら、ふと気になった事を使用人に問いかけた。

「ところで、リカルドはどこにいますか？」

そう聞くと、使用人達が顔を見合わせてから答えた。

「今はお医者様の健診中で、お部屋におられますが……時間がかかっておりますね」

十日程の留守だったのだから、その分は診る事が多いのかもしれないな。

なんて考えていると、辺境伯邸の玄関先へとジェイクさんが走っていくのが見えた。

慌てた様子に妙な胸騒ぎがして、思わず彼に声をかける。

「ジェイクさん。どうされました」

「っ!?　ナターリア様。ここにいらっしゃったのですね！　呼びに向かおうと思っていたのです」

「え？　なにがあったのですか」

「リカルド様の容態が急変しました！　すぐに、あの方のもとへ向かってください！」

ジェイクさんの言葉を聞いた瞬間、私はリカルドが待つ部屋へ走りだした。

階段を上がり、ノックもせずに部屋の扉を開く。

「リカルド!!」

「っ……」

私が部屋へと駆け込んだ途端、リカルドは目を見開く。

寝台に座っている姿はいつもと同じ無表情のままだが、明らかに顔色が悪い。

「誰が、知らせた」

「わ、私どもではありません……」

リカルドが睨むのは、寝台の近くにいた医者達だ。その他、部屋に居た使用人達も首を横に振る。

私の後ろから部屋に入ってきたジェイクさんが静かにその声に答えた。

「僕が呼んできました。リカルド様」

「ジェイク……伝えるなと言ったはずだ」

「今回だけは、貴方の命に従えません」

ジェイクさんをリカルドが睨みつける。しかし明らかにいつもと違って視線に覇気がない。

息も苦しそうに掠れていた。

「ナターリア……帰れ。問題ない」

「問題あります。どうして、言ってくれないの」

「帰れ。大丈夫だから」

「リカルド、心配ぐらいさせて。ずっと辛かったの？」

「違う。違う……俺は、そんな顔をしてほしくなくて……っ‼」

突然、リカルドが自らの口を塞ぐ。

塞いだ手の隙間から血が漏れていく。それを必死に押さえても、指と指の間から血が滴り、寝台が赤く染まる。背を丸めたリカルドはぜえぜえと息をしながら、顔を上げた。

「……問題ない、すぐに収ま、る」

「だめ、だめ……血が……リカルド」

「いつもと一緒だと言っただろ。だい……じょうぶだ」

彼が袖をまくっている腕には、絆創膏《ばんそうこう》が見えている。

はがれかけたそれが、私達を繋いだ一つのきっかけだった。

「ルウとの絆創膏《ばんそうこう》は、ずっとお揃いなんですよね。一緒にいてあげるんですよね」

「っ‼」

「あの子のためにも、無理せずに頼ってください。お願いだから」

今まで誰かを守るため……不安を与えぬために傷だらけの人生を送っていたリカルド。

最後まで不安を与えぬように、私へと気丈に振る舞う姿に訴えかける。

もう無理せずに、救いを求めて身を委《ゆだ》ねてほしいと。

その訴えと同時に、あの子の声が聞こえた。

「…………おにい……ちゃん？」

「っ!?」

聞こえた声に振り返れば、ルウが扉の隙間から顔を出している。

リカルドはそれを見て、以前のように苦しむ姿を見せぬためか「扉を閉めろ」と叫ぶ。

だが私は、その指示に被せるように呟いた。

「ルウ、おいで」

「ん」

ルウはとてとてと歩き寄り、私の傍でリカルドを見つめた。

「おにいちゃん」

「ルウ……」

「るうね、おにいちゃんとずっといっしょいたいの。ようやくおはなしもできたもん。おにいちゃんがすきだから。だからね」

ルウは涙目のまま、そっとリカルドの血塗《まみ》れの指を握り締めた。

血に怯えずに、リカルドと同じ琥珀《こはく》色の瞳がまっすぐに彼を見つめて声をかける。

「ずっといっしょにいて。ルウね、こわくないから……もう大丈夫だから。むりしないで」

「っ!!」

リカルドの目が大きく見開かれて、ルウの視線に応えるように揺らぐ。

ルウの意見は皆の総意だ。私達はリカルドに無理をせずに頼ってほしいと目線を向ける。

手を握っているルウの涙がリカルドの手に落ちて、それを見た彼は俯いた。

「俺も、ルウや君と離れたくない」

「はい。リカルド。私もルウも一緒です」

「初めて楽しかったんだ。生きる事が嬉しくて、明日が待ち遠しかった」

「……」

「もう、手放したくない。救って……ほしい」

リカルドと会ってから初めてだ。辺境伯としてではなく自分のための願いを伝えてくれたのは。

弱さを吐露するのを封じ、必死に領民のために戦ってきてくれたリカルド。

「頼む……ナターリア……」

彼が途切れそうな呼吸の中で最後に漏らした言葉に、応えぬ訳にはいかない！

「お医者様……リカルドの容態を教えてください！」

「は、はい。元からあちこちの臓器が弱っており、損傷している箇所が多くありました。それが今日になって限界がきたようです……」

「っ……」

「正直、このままでは助かる可能性は限りなく低く——。我らに出来る事はもう」

ならばもう、私しかいない。

こんな時のために勉学に励んでいたんだ。

自らの身体の魔力を集中させながら、皆を見て叫ぶ。

「私の治癒魔法で彼を治します！　やらせてくだ——」

「待て。ナターリア嬢」

「っ⁉」

今すぐ治療を開始しようとした時、制止したのはモーセさんだった。

彼も伝令を受けて走って来たのか、息切れしながら私の肩に手を置く。

「今のお主ではまだ知識が不十分だ。リカルド様の身体が正常に治る保証がない」

「ですがお医者様も傍におります。知識の補助となる説明をしてくれれば……」

私は視線を向けるが、お医者様は首を横に振った。

「私共には逆に魔法の知識がありません。貴方に正しく手段を伝えられず危険でしょう」

なら、どうすればいい。

ただ指をくわえて、弱っていくリカルドを見守るなんて出来ない。

今も泣きながらリカルドへと「おにいちゃん」と呼び続けるルウに、諦めろなんて言えない。

その時、モーセさんは意を決したように私を見つめた。

「一人だけ居る」

「え？」

「魔法学を研究分野にしており、医療にも精通している者が一人いる」

「なっ……まさか」

モーセさんの言葉に私も気付いた。そんなのたった一人しか知らない。

魔法研究者と医療者である過去を持つのは、私のお父様――フォンドのことだ。

「モーセさん……父が居れば、救える可能性があるのですか？」

「恐らくは。もちろん確信は持てぬが、最善だろう」

私の過去、家庭環境を知っているモーセさんは躊躇《ためら》うように俯く。

でも気を遣ってもらう必要などなかった。私は振り返って、ジェイクさんに言う。

――私に知らせるために走ってくれていたのにごめんなさい！

「ジェイクさん。お父様を呼んでくれませんか」

「よ、よろしいのですか？」

「リカルド様を救えるなら過去なんて関係ありません！」

「っ……。すぐに呼んでまいります！」

「首根っこ掴んででも協力させます。私の大好きな……夫を救うためですから」

私の自由のために、リカルドは頑張ってくれていたんだ。

なら今は私の過去の因縁や、わだかまりなんて関係ない。

時を待たずしてジェイクさんや兵士に連れられ、拘束された父がやって来た。

父はうつろな瞳をしていたが、私とリカルドを見て目を見開いた。

「ナターリア……お前は王城に向かったと聞いたが、帰ってこられたのか？」

私が殿下に捕らえられていたと思っていたのだろう。

だけど今は悠長におしゃべりをしている場合ではなかった。

「お父様、話は後です！　リカルドを救うために魔法を使います。貴方の知識を貸してくだ――」

どんな手段を使ってでも、父に協力させようと思っていた。

抵抗されたって無理やりにでも手を貸してもらうつもりであったはずなのに。

驚いていた父は、私の言葉の途中で状況を察したのか、即座に医者へと声をかけた。

「診療録《カルテ》はどこにありますか?」

「こ……こちらです」

「すぐに血のついていない寝台に運び出してください。それといくつか用意してほしい物が……」

私が何を言うまでもなく、父は静かな声で医者から情報を聞き出し始める。

そしてリカルド様を綺麗な寝台へと運ぶ道中も、冷静に容態を確認しているのだ。

抵抗すらせず協力する父へ驚く私に視線も向けず、彼はいつもと変わらぬ平坦な口調で喋る。

「お前の魔力なら治せるだろう。補助として私が付く」

「え……」

「そのために呼んだのだろう?」

「断る気はないのですか?」

「私も医療者のはしくれだ。救える命を見捨てる気はない」

意外な言葉、協力的な姿勢、医療者としての矜持。

私の知らない父の側面に動揺してしまう。

「……私が恐怖を与えてしまった幼子への、贖罪《しょくざい》の一つになれればそれでいい」

父は少し離れた先で使用人達に囲まれ、今も泣いているルウを見て呟いた。

「人並みに罪悪感がありながら、どうしてあんな行為をしたのですか」

「お前を王家から隠すためだ。お前が無事という事は王家との問題を終わらせたのだろう」

私はデイトナ殿下とのやり取りを簡潔に伝えて、父は全て聞いて頷いた。

「そうか、お前はより良い結果に収めたのだな……ティアとは違って」

「デイトナ殿下から聞きました。ティアさんをお父様が自殺に追いやったと、本当ですか」

取り調べで沈黙していた父から答えは出ないと思っていたが、意外にも父はしっかりと頷いた。

「私が……殺してしまった」

静かな声だったが後悔を滲ませるような、苦悶の表情で父は呟く。

だが彼はリカルドが新たに綺麗な寝台に運ばれたのを見て、表情を一転させた。

「私の事は好きなだけ蔑めばいい。だが今は治療が最優先だ。私を呼んでまで救いたいのなら……そちらに集中しろ」

「言われなくても、分かってます」

「終われば全部話す。王家との問題が終わったなら、もう私がティアについて隠す必要はない」

父の表情に先ほどの苦悶は消えていた。医療者として精悍な顔でリカルドの症状を見定めている。

終わったら、全部聞こう。

そう思いつつ、私もリカルドへと魔力を集中させていく。

「ナーちゃん。おにいちゃんを……たすけて」

少し離れた場所から呟かれたルウの言葉を受け、目線を合わせて頷いた。

「任せてルウ。もう絶対に寂しい想いはさせないから」

魔力を集中させてリカルドの損傷箇所を治す治癒魔法を行使する。

詳しい知識や方法は父が教えてくれたが、それらは想像以上に的確であった。

「ここが肺だ。右肺は上葉・中葉・下葉の三つに分かれている。構造、位置には注意して……」

医療者としての側面。

「修復した臓器の位置は覚えておけ……その魔力の特性では、位置を間違えれば別の箇所と繋がる可能性もある」

魔法研究者としての側面。

どれもが私の知らぬ、善良だと言われていた頃の父の顔なのだろうか。

父が人のために励んでいた過去は本当なのだと、改めて実感させられる。

「……っ」

そして治癒魔法は順調だ、しかし魔力消費が激しい。

鼻血がぼたぼたと流れて……視界が掠れて手先の感覚も鈍ってくる。

父の声も遠くに聞こえるが、倒れる訳にはいかずに気を奮い立たせる。

「ここが心臓だ。恐らくここが最も損傷して弱っている」

「はぁ……はぁ……」

「これで最後だ。気張れナターリア」

「分かって……ます」

「人間の心臓は四つに分かれている。こちらから右心房、右心室――」

集中しろ。

意識を途切れさせるな、ここで倒れるな。

『俺も、ルウや君と離れたくない』

リカルドが初めて私を頼って、自らの想いを伝えてくれたんだ。

私はすごく嬉しかったんだから、絶対に救ってみせる。

まだ私と一緒に、ずっとこれからも共に過ごしてよ、リカルド。

「そこで魔力を集中しろ。これで最後だ、ナターリア」

「っ‼」

最後の力を振り絞り、治癒魔法を無事に終えた。

だが……

流れていく血が、私の鼻血なのかリカルドの血なのかも分からず混ざって見える。

「あ……ぇ？」

意識が、遠ざかっていく感覚が魔力切れだと分かった。

「成功した。完璧に治っている」

お……父様？　本当に、リカルドは助かったの？

「魔力枯渇でお前はしばらく眠る。起きた時、全てを話す……」

父の声が遠くに聞こえて、ルウやモーセさんが私を呼ぶ声が聞こえる……

しかし水の中に沈むように、音がかき乱されていく。

「だが……全てを知っても……」

なにか、聞こえて。

「私を許さず、憎んでくれ」

最後に聞こえた父の言葉、その意味が分からぬまま私の意識は途絶えた。

## 第九章　真実を知るために

なんだか、とても温かい。

暖かい水に包まれてるような感覚と共に、どこかから口ずさむ鼻歌が聞こえる。

……夢だろうか、誰かに抱っこされている？

『産まれてきてくれて、ありがとねナターリア』

見知らぬ女性の優しい声と共に、私の頭が撫でられる。

それを感じていると、扉を開く音が聞こえた。

『ティア!!』

『フォンド……手紙通り、来てくれたのね』

『どうして……どうしてだ！』

掠れた視界の中、抱きしめてくれていた女性が血を吐いているのに気付く。

そんな彼女は、父らしき男性へと笑いかけた。

『ごめんなさいフォンド、貴方の忠告はやっぱり聞けない』

『その身体で出産なんてすれば君の身はもう！　どうしてだ……』

『私が生きていると、この子と貴方が犠牲になってしまうから』

女性は私の頭を撫でて笑いかけた。

苦しげな呼吸をしているのに、その表情はとても満足したように晴れやかだ。

『この子や貴方を犠牲にしてまで、私は生きたくないのよ』

『ティア』

『フォンド、貴方には酷なお願いかもしれない。だけど身勝手な事を言わせて』

『駄目だ。待ってくれ……ティア』

『どうかこの子を、お願い……』

◇◇◇

「……リア」

声が聞こえ出す。

聞き馴染みのある優しい声が私の名前を呼んでくれている。

「ナターリア」

「ナーちゃん！」

この声は、リカルドとルウの……

「ん……」

目を開けば、二人が私を見つめている。

私は寝台に寝かされていたようで、身体を起こせば二人が抱きついてきた。

「ナーちゃん‼　おきた！」

「ナターリア……」

「え……っと」

状況に混乱してしまうが、リカルドの姿を見て咄嗟に身体に触れた。

「リ、リカルド！　容態は⁉　どこもおかしな所はない？　痛い所は？」

「どこにもない。もうどこも苦しくはない」

「良かった、良かったよ……リカルド」

「ありがとう。ナターリア」

「隠さないでちゃんと辛かったら言って。本当に……本当に心配したんだから」

「心配かけた……もう、隠したりしない。ありがとう」

思わずボロボロと泣き出してしまう私に、彼はお礼と共に強く抱きしめる。

そして見つめてくる琥珀《こはく》色の瞳が近づき……

「ん……」

唇に当たる柔らかい感触。影が長い時間重なり合って離れた。

彼の行為に、鼓動が跳ねて顔が熱くなる。

そんな私を、リカルドはまっすぐに見つめてくる。

「リ、リカルド？　これって」

「感謝しきれない恩を返したい。改めてずっと一緒にいてほしい。ナターリア」

「ナーちゃん。ルウもね、ナーちゃんといっしょがいい。だいすきだから」

二人そろって私に抱きつきながらそう言われてしまえば、答えなんて決まっている。

「私だって、一緒に居たいよ。良かった……本当に良かったよ」

「えへへ、やた。おにいちゃんとナーちゃんとずっといっしょにいられる。ルウ、うれしい！」

私が泣いている涙をルウが拭ってくれる。

そしてリカルドも頭を撫でてくれて、伝えられた言葉と、救えた嬉しさで涙が止まらない。

彼らが、私の望んでいた家族になってくれるなんて、夢にも思わなかった。

「なんで、なんで今言うんですか。こんなに涙でぐちゃぐちゃなのに……」

「駄目か？」

「い、いいに決まってます」

「ありがとう、愛してる」

リカルドは私を抱きしめ、ルウも私の手を握ってぷにぷにのほっぺを当てる。

恥ずかしさと嬉しさがごちゃ混ぜで混乱する中、私は家族になった二人と時間を過ごした。

リカルドと言葉を交わしていると時間は過ぎていき、すっかり早朝になってしまった。

ルウは私の隣でスヤスヤと眠りだす。

私の気持ちもようやく落ち着いてきたので、リカルドにそっと問いかける。

「リカルド、……お父様は？」

「モーセと別室に居る。話を聞きに向かうか？」

父が最後に全てを話すと言っていたが、彼の抱える秘密はいまだ分からない。

本当にティアさんを殺したのか、改めて疑問がわき上がる。

だって先程の意識が途切れていた際に見えた光景は、とても夢のように思えなかった。

私の奥底に眠っていた記憶なら、父が彼女を殺したようには思えない。

真実を知るためにも、ルウを起こさぬように別室へと向かった。

扉を開くと、父は昨日は一睡もしなかったようで目の下に濃い隈を作っている。

彼は私を見て、わずかに微笑んだ。

「起きたか、ナターリア」

「……お父様」

再び手錠をかけられているが、監視はごく少数だった。

流石《さすが》に辺境伯の命を救う一因となった父に、厳しい拘束は出来ないのだろう。

付き添っていた様子のモーセさんも表情を和《やわ》らげて私を見た。

「ナターリア嬢。もう体調はよいのか？」

「はい。もう身体に異常はありません。モーセさん」

父の対面に座っていたモーセさんが立ち上がり、私の返答に安堵の息を吐いた。

「良かった……お主になにかあれば、儂《わし》がルウ坊に合わせる顔がなかったぞ」

「ご心配おかけしました。もう大丈夫です」

心配をかけてしまったが、魔法は上手くいってリカルド様も助かった。

不安は全て解決し、そしていよいよ父の過去を知るだけ。

そう思い、モーセさんに代わって父の向かいに座る。

「……聞かせてくれますか。お父様」

「分かっている。全部話そう。ティアとの事や……お前にしてきた事への理由も」

父はその瞳を逸らさずに言葉を続ける。

嘘などつかないと伝えるように、父は私をまっすぐ見つめてからハッキリと告げた。

「ティアは私のせいで死んだのは事実だ。全部、私のせいだ。……そして私はお前達が『豊穣の魔力』と名付けたこの忌まわしき力を消したかった。初代王家の魔力という、世の中に利用されるだけの呪いに終止符を打ちたかったんだ」

あの穏やかなモーセさんですら興奮し、研究をしたがった『豊穣の魔力』を研究者の父が消したいと言ったことに驚いた。けれど同時に理解もできる。

「だから私の魔力をシャイラに移していたのですね。魔力を移してしまえば、魔力の特異性が消えると分かったから……」

「誰も死なずに済む方法はそれしかなかった。たとえ二人の人生を犠牲にしても――」

父は顔を両手で押さえ、俯きながら全てを語り始める。

「全部私のせいだ。だからどうか恨んでくれ……ナターリア」

そんな前置きをして、父は胸に秘めるティアさんと私達の事を全て語り出した。

◇◇◇

過去、父はただ研究熱心な一人の青年であったようだ。

平民生まれで家庭環境も良好、人のために研究する事こそ最善だと信じていた。

そんな父とティアという女性は同じ研究室の同僚であり、気の合う関係だったらしい。

『フォンド、今日も遅くまでやっているのね』

『あぁ、これが完成すれば人はもっと安全に暮らせる。休んでなんていられないよ』

ティアさんは私と同じ金髪で、彼女は父の研究をいつも熱心に応援してくれたらしい。

その思い出や会話を、父は懐かしむように語っていた。

『本当に熱心ね』

『魔物の中には、辺境伯領の防壁を越える魔物もいる。だがこの魔法研究が上手くいけば……そんな魔物を寄せ付けずに人が生きていける可能性がある』

父にとって彼女と話す日々と、人のため研究する日々の繰り返しだったが、それが、なによりも幸せだったようだ。

そんな折、父は研究で成果を出す事に成功した。

『おめでとう、魔物を寄せ付けない魔法に成果がでたと聞いたわ！』

『まだまだ範囲は狭く、実用化は難しいが。ようやく現実的になってきたよ』

『努力してきた成果よ、おめでとうフォンド！』

父はティアさんの賞賛を受けたと同時に、王家からも表彰を受けた。

元から医療者としても患者を診ており、魔物を遠ざける魔法の偉業も加わって当然の結果だ。

そして下賜《かし》されたのは、ヘルリッヒ子爵家という爵位とわずかな領地だった。

しかしその実現には現在の妻——つまり母との家柄を結ぶ結婚が必要であった。

その時、父はティアさんへの気持ちが諦められずに想いを告げたが……

『ごめんなさい……フォンド。私はすでに結婚を前提にしている人がいて』

断られたようで、彼女は結婚して研究室を去ってしまう。

父にとっては初めての失恋だが、これで恋情を捨てて研究に心血を注げると前向きだった。

だが、その熱意こそが大きな失敗の起因となったのだ。

父は孤独感から研究へと熱を上げ続け、犯してはならない事をしてしまった。

魔物を遠ざける魔法の研究のためには複数の魔力サンプルが必要だったが、その魔力鑑定のために、髪の毛などを有志の民から多く集めた。

そんな中、研究室に落ちていた長い金色の髪、ティアさんの髪を見つけてしまったのだ。

『魔力サンプルは多い方がいい。この魔法の実現まであと少し、これで多くが救えるんだ』

大義、正義、人のため。そんなものに操られ、父は独断でティアさんの魔力鑑定を行った。

そして、それが始まりとなった。

ティアさんの魔力には特異な特性があると分かり、感極まった父はその魔力を公表した。

この魔力なら父の研究が進むだけでない、飢えや難病で苦しむ多くの民が救えたからだ。

だが人のためだった父の行為は、王家に招致されて現実を突きつけられる。

『フォンド。お主が見つけたこの魔力の持ち主……ティアといったか』

『はい。その通りです……陛下』

『まさか、初代王家の末裔が残っていたとは。本人の魔力は低いようだが、使い道はあるな』

現王政の国王陛下が初代王家の魔力について、父に全てを教えたのだ。

その上でもし他言すれば両親や知り合い、今までの研究成果まで全て奪うと脅された。

そして、ある王命を受けたのだ。

『現在、ティアという女は夫と共に行方不明だ。お前も捜索を手伝え』

『ど……どうしてでしょうか？　彼女の捜索など』

『あの女は妊娠しているようだ。その子供を幼少より王家で教育し、国土拡大の武器にする。それだけの力をあの魔力は有している』

『そ、そんなことをしていいはずがありません！　それにティアはどうするのですか！』

『お前も研究しているなら知っているはずだ。魔物の脅威から逃れるためには、もう時間は残されていない。子供に要らぬ教育をされぬよう、女は産んだ後に処理する』

『そ……そんな』

『王国の万の民を救うのに、一の犠牲で済む。これは大義ある判断だ、手伝ってくれフォンド』

父の正義の暴走がもたらしたのは、結局さらに力ある正義の暴走だった。

家族が人質では王の言葉を断れず、父はティアさんを捜すしかなかった。

父はあちこちから情報を集め……ティアさんの居場所を見つけ出す。

そして彼女を王家の命令通りに――

「従わなかった。私はティアを発見した事を報告しなかった」

そう呟いた父の言葉は、嘘は言っていない様子だった。

父は王家の命令を反故にして彼女の居場所を告げなかった。

だが父が見つけた際にはもう、ティアさんの立場は想像よりも苦しい状況であった。

彼女の夫は、感染病によって亡くなっていたのだ。父が魔力を公表した事でティアさんは身を隠す必要に追われ、その結果、彼女の夫は医者の治療を受けられなかったのだ。

その事実を知り、父は罪悪感にまみれながらティアさんのもとへ向かった。

しかし彼女は悲しみに暮れながらも夫を埋葬していた、大きくなったお腹のままで……

さらに不幸にも、彼女自身が夫の看病によって病に侵されていたのだ。

『ティア……薬を渡す。これを飲むんだ』

『この感染症の薬には赤ん坊に毒だと聞いたわ。だから飲めないの』

『赤ん坊よりも、自分を優先しろ！　君が死ねば……僕は……』

父にとっては後悔しかなかった、迂闊《うかつ》に彼女の魔力を探り明かしてしまった。

全てが父のせいで起こった不運で、せめてティアさんは救いたくて薬を飲ませようとした。

しかし彼女は結局薬を飲まず、感染症に侵されながらも、赤子を産み落としたのだ。

『その身体で出産なんて、君の身はもう！　どうして！』

『この子や貴方を犠牲にしてまで、私は生きたくないのよ』

父の言葉に対して、ティアさんはそう言って微笑んだらしい。

『フォンド……どうかこの子を、お願い』

『ティア……』

『私の魔力をきっとこの子も継いでいる。この力を正しく使わせてあげて。私達の家系はこの力が争いではなく平和を作るためにあると信じてきたの……』

彼女は赤子を託すと共に、力なく腕を落とす。

『お願い。ナターリアにはどうか……正しい道を教えてあげて』

『待て！　ティア！』

『人のために頑張る貴方なら、きっとできるから』

まだ泣いている赤子の声を聞きながら、父は動かなくなったティアさんを看取った。

そして一か月後、ティアさんの遺体を王家に届けた。

自らの研究に利用していたと嘘を吐き、ティアさんはその末に自殺したと伝えた。

全てが父のせいだと王家に知らしめ、赤子の存在も死んだと嘘を吐いたという。その報告を聞いた国王は怒り狂い、父に告げた。

『フォンド。これで王国の未来は暗くなったのだ。お前に研究を続ける資格はない』

だがそれこそが父の狙いでもあった。父はそれから王家の管轄から離れて過ごす事が出来たのだ。

あとは赤子、ティアさんが産んでくれた私――ナターリアの処遇だけが残っていた。

私が死ねば、全て無事に解決すると父は考えたらしい。

しかしティアさんに託された私を護るため、父は初代王家の魔力を消すために動き出した。

この魔力が再び王家に見つかれば、私が王家に利用されると考えたのだ。

だからこそ父が出した答えが魔力移動だった。

初代王家の魔力は、血筋なき者でなければ特異性が発現しない。

その特性を利用して……父は自らの子――シャイラに魔力を移す事を計画した。

私は幸い父と同じ髪色だから実子として扱えたし、王家もティアさんの遺体研究に集中していたおかげか、出産の偽装工作も上手くいったようだ。

今の妻――私の母には孤児を拾い、自分達の子に魔力を移動させたいと協力を願ったらしい。

母は利己的で、実子が才子になるならと協力した。

そして六年後、シャイラが産まれていよいよ計画を実行した。

私達に魔力移動の魔法を施し、私には徹底的にシャイラのために生きる選択を教えた。シャイラには歪んだ愛情表現を教え込み、私と離れさせず行動させた。

全てはこの『豊穣の魔力』を消すために……

「ナターリアに学園を退学させた頃には、完全にシャイラへの魔力移動を終えたつもりだった。だから望むならと結婚させた。まさか魔法を隠れて使っていたとは知らなかったが……」

「政略結婚でヴィクターを選んだのは何故ですか？」

「お前を表舞台に出さぬように徹底するためだ。ヴィクターの母は特に世間体を気にする。学園を退学させてから結婚させれば、あの母親は社交界でもお前の存在を言わぬだろう」

「っ……だったら私を退学させたのは、シャイラではなかったの？」

「あぁ、都合がよかったから私が退学させた。病も私の嘘だ」

そんな、ならあの子はただ……私が帰ってきた事を喜んでいただけなの？

「シャイラ達が不倫したのは予想外だが、魔力移動が終わった後はどうでもよかった」

「……」

「私はお前達の未来を潰したようなものだ、だがそこに罪悪感はなかった」

父はずっと、後悔と憎しみで動いていたのかもしれない。

ティアさんが死ぬ原因を作った初代王家の魔力と、それを迂闊《うかつ》に公表した自分自身に。

「これが真実だ。ナターリア。これでやっと終われる」

「なにを言って……っ!?」

全てを伝え終えた父は手を伸ばし、指先に魔力を集中させて私に向けた。

咄嗟にリカルドやモーセさんが私の前に出るが……これは違う。

父が狙ったのは、私ではない。

「ずっと……死にたかった。これで終わりだ」

呟いた父は、自らの胸に指先を向けた。

途端に魔法の光が輝いて、父の胸を眩《まばゆ》い光が貫いた。

「お父……様……？」

「許される気もない。そして私自身を許す気もない。これでやっと終われる。後悔を晴らすため、ただ初代王家の魔力を消す目的で生きていた人生をな……」

父は胸から血を流す、なのに満足したように微笑むのだ。

「私と違い、ナターリアはティアの遺言通りの答えを見つけたのだろう。ならもう魔力を消す必要はない。後に残った憎しみの対象は、ティアを殺してしまった私自身のみだ」

「なんで、こんな事を」

「これでいい。私にとってティアが……彼女が居ない生活という。ただ空虚に生きてきた命を終えられるのだから」

満足げに微笑み、これで終わりだと呟いた父の身体が後ろ向きに倒れていく。

その瞬間、私の身体は自然と動いて父の胸元を掴んだ。

「勝手な事を言わないで‼」

「っ‼」

「シャイラにも謝罪してあげて……そして生きて、その証言で王家に一矢報いて！」

「お前はティアに本当によく似ているな。その強い瞳は記憶にある面影そっくりだよ。だが……死なせてくれ、私にはもう生きていく熱意などない」

身勝手にも終わりを求める父の身体は力を失って横に倒れていく。

「フォンドッ!!」

モーセさんが慌てて駆け寄るが、父の胸の傷を見て渋い表情を浮かべる。

「すぐに医者を！　せめて止血してやってくれ」

「いいのです、モーセ殿……苦しんで死にたい。それが私の罪だから」

父は最初から死ぬと決めて、全てを話していたのだろう。

ティアさんを犠牲にした人生に罪悪感を抱え、私にもう危険がないと分かった。

だからやり遂げたと父は満足げな表情を浮かべているようだけれど……死んで終わりなんて絶対に許さない。

「これで終わりなんて許さない。本当に後悔しているなら、贖罪《しょくざい》のためにも生きて！」

「ナターリア……」

「貴方の知恵や、研究していた事は王国の未来に繋がるはずです。私達のためにもここで死ぬなんて許さない！」

そうだ、父はまだなにもやり遂げてなどいない。

父が研究していた魔物を寄せ付けぬ魔法は、この辺境伯領にとっても重要となる。

この国の未来を今度こそ変えるためにも、彼に人生を諦めさせたりしない。

「王家についても貴方は生き証人です。ティアさんの死の真相を証言してください！」

「っ……」

「ティアさんのためにも戦って！　そして彼女が応援してくれた夢を実現して」

ティアさんの名前を出した瞬間、父の瞳が揺らいだ。

消えかけていた瞳の光が微かに灯るのを感じる。

「人のために生きてとティアさんが言ったのなら、これからはそのために生きて!!」

簡単に父を許せるほど、私は人間ができていない。

でも、後悔しているから死ぬなんて許さない。

ティアさんが繋いだ命を、粗末に終わらせていいはずないのだから。

「すぐにお父様をお医者様のところへ運んでください！」

「手配しよう。俺が運ぶ」

私は先の治癒魔法で魔力が切れている。父が助かるにはお医者様の所へ連れていくしかない。

リカルドが手配をして、すぐに父が担架で運び出される。

そして医療施設へと向かおうと辺境伯邸の外へ出た時だった。

「お……父様？」

そこにいたのはシャイラとヴィクターだった。その隣にはなぜかジェイクさんがいる。

「お、お客様がナターリア様に会いたいとの事で――」

「お父様⁉」

そうジェイクさんが言いかけるのを遮って、シャイラが父のもとへ駆け出した。いつも通りの美しいドレスを纏《まと》っているのに床へと膝を突き、泣きながら、父の頬に手を当てている。

「ナターリア。僕らは謝罪のためにここに来たんだ。けど、これはいったい？」

ヴィクターが尋ねるが、答えている暇はない。

「急いでいるの、そこをどいてください」

今は構っている場合ではない、父の容態は一分一秒を争うのだから。

「ご、ごめん……」と謝罪を漏らしたヴィクターが私達を避けた際、地面にほつれた手袋が落ちるのが見えた。

「っ……ヴィクター、それは確か」

「あ、あぁ。君に贈ってもらった手袋だ。これを見て僕は、君に謝罪とお礼を決意して――」

「そうか……そうだ！　私の魔力はまだここにある」

「え？」

戸惑ったヴィクターの様子など気にせず、私はシャイラの肩を掴んだ。

「お、お姉様？」

「黙って私に身体を委《ゆだ》ねて。貴方の魔力を私に返してもらう！」

辺境伯領で私の作っていた手袋には魔力が宿って、その力が発揮されていた。

それをヴィクターに渡したこの手袋で思い出し、同時に思いついたのだ。

以前にジェイクさんから付与された魔力は育つと報告を受けた、それは私と繋がっているからだ。

そして……シャイラに私の魔力が移動しているなら、同じ事を起こせるはずだ。

「運ぶのを止めてください。お父様はここで救います」

「ナターリア、なにをして？」

動揺する皆を置いて、私はシャイラの身体に宿る魔力へと集中していく。

やはり繋がっている。私の魔力だと感じられる。

シャイラの人生分成長した魔力が、私へと流れ込んでくる感覚だ。

大丈夫、これならいける。

「ちゃんとシャイラにも謝罪して、そして貴方のやり残した事を実行しなさい」

「お姉様……お願い。お父様を助けて」

シャイラのお願いを聞くのは、きっとこれが最後だろうな。

この場に似つかわしくない考えを抱きながら、か弱い息を吐く父の傷へと手を当てる。

ティアさんから継いできた魔力と、父がシャイラに移動させていた魔力。

人を救うためにと受け継がれた力を、ティアさんの言う通りに正しく使おう。

「罪を償《つぐな》ってください。ティアさんに託された命を無駄にしないために」

輝く光と共に、お父様の傷が塞がっていく。

大丈夫……二度目だから、失敗なんてしない。

「ナターリア、支える」

「ありがとう。リカルド」

魔力切れに近い状態で、リカルドの支えでなんとか立ちながら治癒魔法を使う。

胸を貫いていた父の傷は、傷痕を残さずに消えていった。


父が起きたのは、その日の昼過ぎだった。

「こ……こは……？」

寝台近くに座っていた私は、起き上がる父を見て治療が上手くいった事を確認する。

「お父様！」

抱きついたシャイラに動揺する父は、私を見て更に戸惑っていた。

「どう……やって？　それになぜ、シャイラが」

「……シャイラに感謝して。その子が来たから助かったの」

そう言うと、シャイラは涙を目からこぼしながら父に縋《すが》りついた。

「お父様、私はね、お姉様に謝りにきたの。ようやく私が悪いって、分かったから」

「シャイラ……違う、お前の過ちは私のせいで」

父とシャイラが話す言葉に、私は耳を傾ける。

どうやら私が思う以上にシャイラは、自ら考えを正す努力をしていたのかもしれない。

「ねぇ、お父様。シャイラ達が間違っていたの」

「シャイラ」

「お姉様の人生に散々頼って……最低な事をしたって、シャイラは気付けたよ」

「……」

「誰かを犠牲にして生きていくなんて。駄目なんだよ。お父様」

シャイラの言葉に父は俯きながらも、震える手が彼女の頭を撫で続けていた。

「お前も……ティアと同じ事を言うのか。本当に、成長したな」

「お父様？」

「お前の言う通りだ。誰かを犠牲に生きるなんて間違っている。それをティアから聞いていたのに、私は繰り返していたんだ。本当に愚か者だな」

「シャイラも同じだよ。だからちゃんと謝ろう。許してもらえなくても……謝るの」

「あぁ。私はお前にもたくさん、たくさん謝らないといけない事があるんだ。許さなくていいから聞いてくれるか？　シャイラ」

父の感情の揺らぎや、考えている事は私には分からない。

それでも涙を流して謝罪の言葉を漏らす姿に、家族として二人が向きあっている気もした。

「すまないナターリア。私はまた、家族を悲しませるだけだったんだ」

「ありがとう、お姉様。本当に、本当にありがとうお姉様」

私は父や妹を簡単には許せないだろう、でもすでに憎しみを抱く事はない。

だから彼らの謝罪やお礼には応えず、責める事もせずにその場を後にした。

数時間後、ヴィクター達は父も含めて王都へと戻る事が決まった。

父はルウに危害を与えようとした罪を無罪放免とはできない、それでは示しがつかない。

そのため何年か牢に入る必要があるが、現王政の真実を告発すれば恩赦もあるだろう。

護送馬車に乗り込む父の背に、私は最後の言葉をかけた。

「お父様。少なからず私を守ってくれていた事実があっても、辛かった記憶は消えません」

「分かっている。許してもらう気はない」

「だからこそ、今度こそ……貴方は家族には恨まれぬ選択をしてください」

「っ!!」

「シャイラの父親は、貴方だけなんですから」

父は背中だけを見せながらコクリと頷き、護送用の馬車へと乗りこむ。

そして馬車が走り出そうとした時、シャイラが私へと駆け寄った。

「お姉様！」

「シャイラ……」

「ご………めん……なさい。今まで、本当にごめんなさい!!」

謝りなれていないシャイラ。彼女の言い訳すらない素直な謝罪に……怒りはもうなかった。

「シャイラ。これから貴方には、多くの苦労があるはずよ」

「……うん」

「でも貴方は、これから母親になるの」

「っ」

「私でも知らぬ苦労がきっと多くある。でも貴方は母親として自分で考えて生きて。私に罪悪感を抱くなら、その分、産まれてくる子供を大切にしてあげて」

「……分かった。シャイラはちゃんと考えて生きていくよ。お姉様みたいになりたいから」

私が思う以上に、彼女は成長しているようだ。

姉として少し、ほんの少しだけど……それを嬉しいと思える感情が私には残っていた。

「頑張りなさい。それと最後にヴィクター！」

シャイラの後ろに立っていたヴィクターを睨み、詰め寄れば彼は分かりやすく狼狽《うろた》える。

「ごめん、ナターリア。僕は酷い事を……」

「謝罪は受け取りました。では次は私からの要望です！」

「え？　あっさりと……」

「貴方は必ず、シャイラのお腹の子が不幸にならぬように頑張りなさい‼」

「っ！」

「親で人生は大きく左右される。だから貴方が……ちゃんとしてあげて」

ヴィクターにはこれから罪悪感と責任感を持ち、自らの責務を果たしてもらう。

彼からの謝罪など必要ない。ただ父になる覚悟を持つようにと訴えかける。ヴィクターは躊躇《ため》らったような表情で私の言葉を聞き、それから吹っ切れたように真剣な表情で頷いた。

「分かったよ、もう同じ間違いはしない。誓うよ」

「そうして。それでは今度こそ、さようなら。シャイラ、ヴィクター」

「さようなら、ナターリア。本当に……すまなかった」

皆が馬車に乗り、辺境伯領を離れていくのを見届ける。

家族であった彼らとの別れに悲しみはない。でも、憎む気持ちもなくなっていた。

全てが終わって、ようやく本当の意味で自由になったと思えたからだ。

「ナターリア。いこうか」

一人残った私を、リカルドが微笑みながら手を握った。

「色々終わった。これからはルウと俺が……君の家族になる」

「ふふ、そうですね。家族として一緒に居てくれる？　リカルド」

大きく息を吐いた瞬間、私の身体が浮かび上がった。

「これからずっと、一緒だ」

私を抱き上げるリカルドは嬉しそうに笑う、思わず私も強く抱きしめ返した。

これからの自由を、本当の家族と過ごしていこう。

私の人生はここからだ。

## 最終章　貴方達との日々は思った以上に幸せです。

父達を送り出してから一か月が経った。

私が家に居ると、足音が聞こえてきて扉がノックされる。

扉を開けば小さな身体が駆け寄ってきた。

「ナーちゃん！　おはよう！」

「おはよう、ルウ」

ルウをギュッと抱きしめると、「えへへ」と笑って抱きしめてくる。

嬉しそうに私へと手を伸ばして、屈託のない微笑みを向けてくれた。

「ナーちゃん！　がっこいくよ。おててつないで！」

「もちろん、繋いでいこうか」

「やた！　じゃあ今日もいっしょにいこ〜！」

ルウの可愛らしく元気な声と共に、学び舎《や》へと歩き出す。

多くの事があって沢山の苦難があったけれど、私はようやく平穏を手に入れた。

取り戻したこの日常を楽しむと心に誓いながら、今日もルウと共に行く。

「ルウね、最近……おにいちゃんと剣のけいこしてるの」

「え、どうして？」

「いつかね、ルウがね。ナーちゃんも、おにいちゃんも守るため！」

ルウは飛び上がり、その目標を自信満々に告げる。

微笑む純粋な姿と健気な目標に、微笑みが止まらない。

「ふふ、なら私はルウがもっと安心して暮らせるように魔法の勉強をしていくよ」

「ならルウはね、だいすきなナーちゃんと、あかちゃんも守るよ」

「あ、あか⁉」

その言葉に私は思わず慌てるが、ルウは不思議そうに首を傾げた。

「けっこんするとね、あかちゃんが来てくれるってきいたよ？」

「そ……それは」

「ルウね。ナーちゃんのあかちゃんの、おにいちゃんになっていっしょにいてあげるの！」

えっへんと胸を張られて、それ以上の言及ができないまま私はちょっと空を見上げた。

辺境伯領の空は青く澄み渡り、私は胸いっぱいに空気を吸い込んでから、ルウに微笑みかけた。

「……じゃあ、いつかその時が来たら守ってあげてね。ルウが傍に居てくれたら安心だよ」

「うん！」

元気な返事をしたルウだけど、何故か少し恥じらいを見せながら私へと手を大きく広げた。

「でもね、いまはまだね、ナーちゃんに……だっこしてほしいの」

「っ……」

「おおきくなったら、してもらえないから。いまはギュッとしてほしいの」

可愛いという感情に突き動かされ、自然と身体が動いてルウを抱っこしていた。

「やた！　ナーちゃんのだっこだ」

「つかまっててね。ルウ」

「うん！」

ルウは抱っこされて嬉しそうに笑い、そうやって今日も学び舎《や》へと登校する日々。

幸せだなと、何度も心で思い続ける。

「お～ルウ坊。また甘えとるのか」

学び舎《や》に着けば、モーセさんが私達を見て微笑んだ。

「今だけだもん！」

「ほっほっ！　儂《わし》の膝上も今だけじゃぞ？」

「じゃあ、のる！」

ルウが駆け出して、モーセさんの膝上に座った。

その手にスッと本を持たせて、モーセさんは見事な手際でルウに読書というお勉強をさせる。

さすがだ……

「嬢、今日の授業は難しいからの。もし分からぬ事があればいつでも聞くんじゃぞ」

「はい。ありがとうございます」

あれから、『豊穣の魔力』の研究は進み、人へと多くの利益をもたらす可能性が生まれている。

魔物という脅威に対して、いまだ問題の解決に明確な答えが出た訳ではない。

それでも平和に繋げるため学んでいくのだ……辺境伯領のため、ルウのためにも。

「ほいじゃ、今日も授業をはじめるかの」

夢を実現するための糧が、学ぶ事の意味なのだから。

今日も、明日も……少しでも未来のためになるように進んでいこう。


夕刻にルウを辺境伯邸まで送り届けて、寝台でお昼寝しているのを見ていると、彼が帰ってきた。

「ナターリア」

そう呟いて私を後ろから抱き締めてきた彼は……以前よりもずっと積極的だった。

口付けをした後、何度も髪を撫でて甘えてくる。

「今日も会えて嬉しい」

「ふふ、毎日会ってるじゃないですか」

「うん……だが、いつもでもうれしい」

その言葉が嬉しくて、私も彼に口付けを返す。

彼は辺境伯として、国の大きな変化への対応で忙しそうだ。なにせ父の告発もあって世論は大きく王政撤廃に傾いているという。そんな忙しい彼だが、必ず会う時間を作ってくれるのは嬉しい。

とはいえ今日の彼は一つ踏み込んだ問いかけを、耳元で囁いた。

「俺と君は結婚したから……一緒に住みたい。ナターリアと一緒がいい」

頬を朱に染めながら呟いた彼が、どれだけ勇気を出したのか分かってしまう。

断られると想像してしまっているのか、私を抱きしめる手が震えていた。

答えなど、決まっているのに。

「私もそれを望んでいたよ、リカルド」

「っ！　良かった。ナターリア……愛してる」

「私もです。リカルド」

二人の愛を確かめるように抱きしめて、私は心からの本音を告げた。

「リカルド、私ね……すっごく幸せだよ」

あの日、ヴィクター達から逃げ出した時は心細かったのを覚えている。

でも辺境伯領へとやって来てから、ルウや皆が温かく接してくれた。

そしてリカルドと出会い、家族になるという決断までしてくれたんだ。

こんなに心が満たされる毎日など生まれて初めてで、とても嬉しくて楽しくて。

そんな日々が送れるなんて思っていなかった……

「ナーちゃん、おにいちゃん。ずるい～。るうもぎゅっして！」

お昼寝から起きたのか、ルウが私とリカルドに抱きつく。

私達もルウを抱きしめて、互いに微笑み合った。

「これからは、家族一緒に暮らすよ。ルウ」

「え？　ほんとうに？　ナーちゃんといっしょ？　やた！」

とびきり嬉しそうに笑って、ぷにぷにのほっぺを当てるルウ。

リカルドはそんなルウの頭を撫で、私を抱きしめた。

かつてはすれ違っていた二人が、今は私を家族として迎えてくれている。
そして、モーセさんやジェイクさん。
この幸せをくれた辺境伯領の皆には、心からの感謝しかない。
「ありがとう、皆」
呟いた言葉に、本心からの感謝を込める。
この夢のように幸せな日々を、これからも大切にしようと心に誓い。
私は、今日も生きていく。
貴方達と一緒の日々は思った以上に……幸せだから。

## エピローグ　この子がいる生活・シャイラ side

お姉様と別れてから、三年の月日が流れた。
あれからクロエル伯爵家の邸は引き払われ、貴族籍も消えてしまった。
実家のヘルリッヒ子爵家も、お父様の罪や現王政の混乱などで失われている。
だから私達は残った家財を引き払い、王都の隅に質素ながら暮らせる家を買った。
そんな訳で私は今日も、二歳になりはじめた娘をおんぶしながら家事をする。
寒風が吹く季節だから、洗濯する手先は冷たくて痛い。

貴族から平民暮らしは正直に言って辛い事ばかりだ。

だけど……

「まんま、きょーのごはん？」

「今日はリラの好きなシチューだよ」

「やたやった」

「ふふ、リラのためにいっぱい作ってあげるね」

「うゆ」

娘のリラを育てるためなら、なんだってできる気がする。

そう思える程に私は、この子が大好きだった。

「ねぇ、リラ。お母さんね、リラが大好きだよ」

「しってゆよ」

「リラにはまだ分からないかもだけど……好きな人にはいっぱい優しくするのよ」

「うん！　リラ……おかさんにやさしくすゆから、おろして」

私がリラをおんぶから下ろすと、おぼつかない足取りで立ち上がった。

そして私の肩に触れて、か弱い力で肩をトントンと叩いてくれた。

「きもち？　おかさん」

「ふふ、気持ちいいよ。ありがとう」

そうやってリラと過ごしていると、玄関扉が開く音が聞こえた。

リラは嬉しそうな声をあげる。

「おとさん！」

リラを抱いて玄関へ向かうと、汚れた衣服をまとったヴィクターが私達を見て微笑んだ。

あれから彼は、日雇いの肉体労働をしている。

人一倍働く彼のおかげで、給金も貯蓄できるぐらいには貰えていた。

「リラ、シャイラ。ただいま」

「おかえり、おとさん！」

「元気だなぁ、リラ。お前の好きなパン……また買ってきたぞ」

「やた～！」

「ふふ、シチューと一緒に食べようね」

以前の生活に比べれば、決して裕福ではない。

知り合いの貴族達に見られたなら嘲笑されるだろう。

でも、不思議なことに、誰かに頼り切っていた以前に比べれば今の方がずっと幸せに思える。

戯《たわむ》れるリラとヴィクターを見ていると、そっとヴィクターから肩をつつかれた。振り向くと、彼も以前のような曖昧な微笑みではなく、しっかりと私を見つめて笑ってくれた。

「シャイラ、今日は報告があるんだ。実は街の騎士試験に合格できたんだ！」

「え……おめでとう!!　ヴィクター」

「これで少しは生活が楽になるよ。リラにもいっぱい服買ってあげるからな」

「リラ、パンがいい。おとさんとおかさんと、いっぱいたべゆの」

「はは、そうだな。たらふく食べような」

ヴィクターは本当に頑張ってくれている。

お姉様と約束した通り、父親になるためにたくさんの努力をしてくれた。

汚名があっても騎士に戻れたのは、私達のために寝る間を惜しんで剣の訓練をしていたおかげだ。

今ではもう、私達は互いに支え合って生きる事が出来ている。

誰かに依存して暮らした以前より……今の方がぐっと楽で幸せだと気付けた。

これもお姉様のおかげかもしれない。

「そういえば、母さんに会ってきたよ」

「義母様に？」

唯一、義母様だけは……この生活に耐えられずに心が壊れてしまった。

今は義母様の御実家にて療養をされている。

数度だけリラを連れて会いにいったが、心ここにあらずで会話もしてくれなかった。

「でも、また騎士になるって、報告してきた」

「なにか、答えてくれた？」

「ううん。なにも……でも僕の頭を撫でたんだよ。子供の頃みたいにさ」

ヴィクターは嬉しそうに笑い、その瞳に少しの涙を浮かべた。

「はは、もっと頑張らないとな。母さんが安心できるぐらいに」

「いつかきっと、元通りになりますよ。きっと……」

「あぁ、きっとそうなるようにする」

ヴィクターが泣いているのを、リラが気付いて駆け寄る。

大丈夫だよと言って、お父さんの頭を撫でてあげているのだ。

その光景に微笑みながら、私達はいつも通りの夜を過ごした。


翌日、家の庭で私は大きく伸びをした。

「うーん……今日もいい天気」

「どこか出かけるか？」

ヴィクターの言葉に、今日はリラを連れて出かけようと思った時。

ふと、家のポストに手紙が入っているのに気付いた。

「どうした？」

「手紙が入っているの。ここに暮らしてから、そんなの届いた事なかったのに」

ポストの中に置かれていた手紙を取り出し、中身を読み始める。

そして、その内容を読んだ私達は思わず笑い合った。


お父様が魔物を遠ざける魔法式を編み出し、私の力で実現まであと一歩となりました。

平和な世に貢献した恩赦で、お父様はあと一か月程で刑を終えます。

シャイラもどうか元気でね。貴方達の幸せを祈っています。

困った時は、いつでも頼りなさい。


差出人は書かれていないけれど、誰からの手紙かなんて私には丸分かりだった。

もう関係を持つ事だって許してもらえないと思っていたのに。

大好きなお姉様が私の幸せを祈ってくれている事が……嬉しくて仕方ない。

「お姉様……ありがとう」

どうしよう、嬉しくて自然と涙がこぼれ落ちてしまう。

ヴィクターが背中をさすってくれて、心配で見に来たリラも私に抱きついて涙を拭いてくれた。

「ありがとう……ごめんなさい。ごめんなさいお姉様」

許してもらえたなんて思ってない。

でも……それでも。

貴方から自立して、幸せになった事だけでも報告していいだろうか。

大好きなお姉様に伝えたい。

私ね。

ようやく、幸せになれたよ。

新＊感＊覚ファンタジー！

# レジーナブックス Regina

レジーナブックス Regina

**二度目は自由に生きます**

## 死んだ王妃は二度目の人生を楽しみます

～お飾りの王妃は必要ないのでしょう？～

**なか**

**イラスト：黒野ユウ**

国王の愛を側妃に奪われ、政務を押し付けられてきた王妃カーティア。冷遇の末に人生を孤独に終えた――はずが、目覚めたら時が巻き戻っていた。二度目は自分のために生きると決めたカーティアは王妃の座を捨て、国を出る。政治能力に長けた彼女は自由の保証と引き換えにアイゼン帝国の皇后となったが、祖国がカーティアを連れ戻しにきて……。 陰謀と運命を乗り越え、彼女がつかむ本当の愛とは――!?

詳しくは公式サイトにてご確認ください。

https://www.regina-books.com/

携帯サイトはこちらから！

この作品に対する皆様のご意見・ご感想をお待ちしております。

おハガキ・お手紙は以下の宛先にお送りください。

【宛先】

〒150-6019 東京都渋谷区恵比寿 4-20-3 恵比寿ｶﾞｰﾃﾞﾝﾌﾟﾚｲｽﾀﾜｰ 19F
（株）アルファポリス　書籍感想係

メールフォームでのご意見・ご感想は右のＱＲコードから、
あるいは以下のワードで検索をかけてください。

アルファポリス　書籍の感想　検索

ご感想はこちらから

本書は、「アルファポリス」（https://www.alphapolis.co.jp/）に掲載されていたものを、
加筆、改稿のうえ、書籍化したものです。

## 貴方達《あなたたち》から離《はな》れたら思《おも》った以上《いじょう》に幸《しあわ》せです！

なか

2025年 5月 5日初版発行

編集－古屋日菜子・森 順子
編集長－倉持真理
発行者－梶本雄介
発行所－株式会社アルファポリス
〒150-6019 東京都渋谷区恵比寿4-20-3 恵比寿ｶﾞｰﾃﾞﾝﾌﾟﾚｲｽﾀﾜｰ19F
TEL 03-6277-1601（営業） 03-6277-1602（編集）
URL https://www.alphapolis.co.jp/
発売元－株式会社星雲社（共同出版社・流通責任出版社）
〒112-0005 東京都文京区水道1-3-30
TEL 03-3868-3275
装丁・本文イラスト－梅之シイ
装丁デザイン－AFTERGLOW
（レーベルフォーマットデザイン―ansyyqdesign）
印刷－中央精版印刷株式会社

価格はカバーに表示されてあります。

落丁乱丁の場合はアルファポリスまでご連絡ください。

送料は小社負担でお取り替えします。


ISBN978-4-434-35673-5 C0093